KAWAKAMI Hiromi

UN MATIN LÉGÈREMENT NUAGEUX

Petites histoires amoureuses
traduites du japonais
par Elisabeth Suetsugu

Éditions Picquier

DE LA MÊME AUTRICE
AUX ÉDITIONS PICQUIER

Les Années douces

Cette lumière qui vient de la mer

La Brocante Nakano

Manazuru

Le temps qui va, le temps qui vient

Les Dix Amours de Nishino

Soudain, j'ai entendu la voix de l'eau

Titre original : *Untitled Stories*

Mas de Vert
B.P. 20150
13631 Arles cedex

www.editions-picquier.com

Mise en page : Atelier Baie

Conception graphique : Picquier & Protière

ISBN : 978-2-8097-1642-9

Le couloir

Pourquoi faut-il que j'aie ainsi le vague à l'âme le dimanche en fin de journée ?

Après le sommeil léger d'une vague sieste, je suis restée un moment à regarder autour de moi, une chaussette traînait par terre telle que je l'avais enlevée tout à l'heure, roulée en boule. Ce n'était pas encore la fin du jour, mais visiblement le soleil avait doucement amorcé son déclin, un faible rayon traversait la fenêtre, le linge que j'avais mis à sécher dans la matinée sur le balcon avait pris une couleur terne et pendait tranquillement.

J'ai secoué brutalement la tête de gauche à droite et je me suis mise sur mes pieds. Je me suis lavé le visage à l'eau froide avant de me maquiller, un maquillage léger, puis je me suis changée. Tout en me demandant si j'allais mettre ou non une jupe, j'ai finalement opté pour un pantalon. J'ai vérifié que mon portefeuille et mon mouchoir se trouvaient bien dans la poche de mon manteau, j'ai fermé ma porte à clé. J'avais décidé d'aller au musée de la ville.

Dans le journal ce matin, le programme des musées annonçait l'exposition d'un sculpteur étranger qui représentait les animaux les plus variés, des vaches, des chevaux, des chèvres…

Il n'y avait pas grand monde dans l'autobus. Un homme en costume somnolait. De temps à autre, sa tête tombait sur son épaule, il entrouvrait les yeux, puis se remettait à somnoler, avant de laisser de nouveau sa tête retomber. A un moment, il a ouvert de grands yeux étonnés. Je me suis dit qu'il avait un visage plutôt agréable. Il portait des lunettes. Ses cheveux noirs étaient coupés court. Clair de peau, les sourcils fournis. Il a appuyé sur le bouton. Il est descendu avec souplesse. Il était légèrement voûté, mais ça ne l'empêchait pas d'avoir une démarche déliée. Un bref instant, j'ai eu envie de le suivre, mais je me suis retenue.

Il y a de cela environ un an, Tobio a brusquement disparu. Je l'avais rencontré trois ans plus tôt. C'était peu de temps après l'anniversaire de mes trente ans. Lui en avait vingt. Je me demandais en quoi je pouvais intéresser un garçon plus jeune que moi de dix ans, mais de façon inexplicable, nous nous sommes entendus tout de suite. Il nous arrivait de passer la nuit à boire, comme nous pouvions tout aussi bien nous disputer âprement.

Nous avons commencé à vivre ensemble il y a deux ans. Il me jouait souvent du violon. Son père était, semble-t-il, violoniste, et il m'a raconté qu'il avait reçu une éducation musicale très stricte dès le jardin d'enfants. Né dans une famille pauvre, il n'avait pas pu entrer au conservatoire, mais « je joue bien mieux que les élèves de l'école », avait-il coutume de dire à mi-voix. Il participait à des concours nationaux de moindre importance et il lui est même arrivé de remporter des prix. Une fois, il m'a montré un trophée en argent. Comme il avait dû renoncer à devenir violoniste professionnel, il gagnait sa vie en jouant dans des petites salles ou des petits bars, quand il ne se faisait pas de l'argent en brandissant des drapeaux de signalisation sur des chantiers où la route était en travaux. Même quand il vivait avec moi, il était toujours très occupé.

Peu de temps avant sa disparition, il ne touchait presque plus son instrument. J'adorais sa façon de jouer. Sans doute jouait-il pour quelqu'un d'autre que moi… Toujours est-il qu'il a disparu sans un mot d'explication.

« Tu vas me faire le plaisir d'oublier tout de suite ce garçon ! » dit Maya. Maya, c'est ma grand-mère. Je m'entends mieux avec elle qu'avec ma mère, qui me répète à longueur de journée de me marier le plus vite possible. Ma grand-mère voit les choses avec une bien plus grande ouverture d'esprit.

« Ce n'est pas une question d'ouverture d'esprit, c'est que je n'ai pas de responsabilité vis-à-vis de toi, voilà tout ! »

Elle dit peut-être vrai. Elle a rencontré Tobio une seule fois. Ce jour-là, nous étions allés à Disneyland. Tout à fait par hasard, nous sommes tombés nez à nez avec ma grand-mère accompagnée d'un homme à peu près du même âge qu'elle.

Elle nous l'a présenté avec simplicité : « Monsieur Yamada. » Il a soulevé son chapeau en s'inclinant respectueusement. Tobio se tenait immobile et n'a pas dit un mot. Maya et monsieur Yamada avaient l'intention de choisir les attractions les plus tranquilles.

« C'est que nous ne sommes plus tout jeunes, figurez-vous ! »

Maya avait presque l'air de se vanter de leur âge.

Après les avoir quittés, Tobio est resté silencieux. Tandis que nous faisions la queue, il avait un air atone, frileux. Lui qui semblait si joyeux jusqu'à cette rencontre…

« Il fait plutôt frais, non ? » ai-je dit avec hésitation. C'était une belle journée de mai, pourtant, à l'ombre, on avait presque froid. Incapables de retrouver notre entrain, Tobio et moi avons laissé Disneyland derrière nous, sans même assister au défilé nocturne. Nous avons acheté un repas froid à la gare de Tôkyô, que nous avons mangé à la maison. Quand j'ai revu Maya, elle m'a seulement dit : « Il est plutôt mignon, ce gamin, mais j'ai bien l'impression qu'il va te mener par le bout du nez ! »

Dans le musée, dès l'entrée s'étirait un long couloir. Les murs et le sol absorbaient les bruits de pas. J'avançais au milieu d'un silence presque pesant quand un jeune homme est sorti d'une salle d'exposition. Silhouette d'abord lointaine, qui se rapprochait peu à peu. J'ai failli crier de surprise. Tobio ! ai-je tout d'abord pensé. Je l'ai appelé doucement. Il a levé les yeux, ce n'était pas lui. La ressemblance était frappante, mais le garçon que j'avais devant moi avait une expression bien plus puérile. Il m'a regardée sans comprendre. Excusez-moi, je vous ai pris pour quelqu'un d'autre, me suis-je empressée de dire. Il a eu un grand sourire, presque le même sourire que Tobio.

« Vous aussi, vous ressemblez beaucoup à quelqu'un que je connais », a-t-il dit en passant devant moi avant de s'éloigner. Au moment de pénétrer dans la salle, je me suis retournée, lui aussi regardait dans ma direction. Nous avons échangé un léger signe de tête. C'est tout.

Tobio a disparu un dimanche après-midi.

Le temps était à la neige, et même en mettant le chauffage à fond, la température de la pièce ne s'adoucissait guère.

« Dis, je vais faire un tour à l'horloge », a dit Tobio. Ce qu'il appelait l'horloge, c'était un bâtiment juste à côté de la gare. Une horloge était encastrée dans le mur, si bien que nous l'avions baptisé ainsi. Avant d'habiter ensemble, nous nous donnions souvent rendez-vous au pied de cet immeuble avant d'aller dans un petit bar à côté. Tobio revenait avec moi, il passait la nuit chez moi, et c'est ainsi que nous en sommes venus à vivre ensemble le plus naturellement du monde. Pour lui comme pour moi, l'horloge était un endroit spécial.

Quand Tobio se sentait déprimé, il y allait souvent seul et restait un long moment les yeux levés vers la façade, sans bouger. Une fois, il m'est arrivé de le suivre en douce. Je me demandais s'il ne rencontrait pas quelqu'un, car il pouvait rester trois heures sans revenir.

Tobio regardait l'horloge. Il est resté debout sans bouger pendant une ou deux heures. Moi, vaincue, j'ai renoncé à l'épier jusqu'au bout et je suis rentrée. Depuis, je ne ressentais plus la moindre inquiétude.

Et pourtant, ce jour enneigé, il n'est pas rentré. Est-il resté une heure debout au pied de l'horloge ? Ou bien, sans un regard pour l'horloge, a-t-il pris le train ? Ou bien est-il parti après être resté un moment les yeux fixés sur les aiguilles ?

Son violon, je l'ai remis à un de ses camarades musiciens à qui j'avais demandé de venir le prendre. Cet ami était sans nouvelles de Tobio. Il s'est de bonne grâce chargé de l'instrument, il a fourré l'étui noirci dans sa voiture, ainsi qu'un carton rempli de partitions. Au moment de démarrer, il a eu un bref salut accompagné d'un murmure de remerciement. Moi aussi, j'ai fait un léger signe de tête. Le petit tacot était bleu, une marque japonaise.

Quelques années plus tard, Maya a été hospitalisée.

« Je vais bientôt mourir, tu sais », m'a-t-elle annoncé quand je me suis précipitée à son chevet.

Je ne savais pas quoi dire.

« Mais non, je disais ça pour rire. Après tout, j'ai quatre-vingt-cinq ans, je n'ai pas besoin d'être malade pour mourir. La mort n'est pas loin.

— Sérieusement, qu'est-ce que tu as ? ai-je demandé sans trop savoir ce que je disais.

— Eh bien, j'ai trop de tension, j'ai aussi de la mauvaise graisse, et par-dessus le marché, j'ai une ossature fragile», a-t-elle expliqué sur le ton de la dérision. On ne pouvait mettre un nom sur ce qu'elle avait, mais tout son organisme était affaibli.

«Je ne veux pas que tu meures !

— Mais moi non plus, figure-toi.

— Monsieur Yamada aussi aura du chagrin !

— N'oublie pas qu'il a dix ans de moins que moi. Tiens, la même différence qu'entre Tobio et toi.

— Tu sais bien que nous ne sommes plus ensemble.

— C'est vrai, je n'y pensais plus. »

Maya a souri. J'avais le cœur moins lourd. Elle est sortie de l'hôpital peu de temps après. Elle continuait à vivre seule. J'allais la voir deux fois par mois. Elle avait toujours l'air d'aller bien.

Elle est morte l'année d'après. Comme elle ne répondait pas au téléphone, ma mère est allée chez elle et l'a trouvée dans son lit, déjà froide.

« On aurait dit qu'elle dormait. Mourir dans son sommeil, comme je l'envie ! » s'est contentée de dire ma mère, ce qui m'a mise en colère. Endormie ou non, Maya ne voulait pas mourir. Enfin, c'est plutôt moi qui ne voulais pas qu'elle meure.

Les obsèques ont eu lieu en grande pompe. Maya qui répétait qu'elle ne voulait aucune cérémonie, parce que ça usait les nerfs ! C'est ma mère qui a tout organisé. Le crématorium était immense et lumineux. Les sushis commandés pour la circonstance étaient desséchés. J'étais sûre que Maya aurait fait grise mine rien qu'en les voyant. Monsieur Yamada n'est pas venu. Je suis sûre que c'était pour respecter la volonté de Maya.

Dix années encore ont passé. Je me suis mariée, j'ai eu un enfant, j'ai quitté mon travail, puis mon fils est entré à l'école, moi, j'ai saisi cette occasion pour me remettre à travailler.

L'homme que j'ai épousé a un an de plus que moi, il est employé. Il adore écouter de la musique classique et joue du violon. Inutile de dire que Tobio jouait beaucoup mieux que lui, mais j'aime bien les sonorités qui émanent de son archet, même si la mélodie est un peu écorchée.

J'ai été engagée à titre spécial dans divers lieux de travail. Je suis restée trois ans dans une agence qui s'occupait de design, *Projet Yamada*. C'est le compagnon de Maya qui l'avait créée. Je l'ai appris par hasard, un an après avoir commencé à y travailler. On m'avait confié la rédaction d'un texte visant à retracer dans les grandes lignes l'histoire de l'entreprise à l'occasion de la commémoration des quarante ans de sa fondation. Je m'en suis rendu compte en voyant une photo du fondateur.

Monsieur Yamada était toujours en vie, et à ce qu'il paraît, il ne manquait pas de projets. Il était présent à la réception. J'étais persuadée qu'il m'avait complètement oubliée, mais il est venu tout de suite me saluer en disant : « Tiens, Asaka ! Vous avez fini par ressembler à Maya ! »

Je n'en revenais pas qu'il connaisse mon petit nom.

« Vous savez, Maya vous aimait vraiment beaucoup.

Elle me parlait toujours de vous. »

Je me souvenais de l'élégance avec laquelle il nous avait salués quand Tobio et moi les avions croisés par hasard à Disneyland. Les larmes me sont montées aux yeux, je ne savais pas quelle contenance prendre. Il m'a montré une photo de lui avec Maya qu'il avait prise au parc d'attractions. Elle était dans son porte-cartes. Maya avait une expression épanouie.

« En réalité, Maya voulait monter dans la plus terrifiante des montagnes russes, mais moi, j'avais trop peur… » m'a avoué Yamada en éclatant de rire.

C'est peu de temps après que j'ai eu l'occasion de retourner au musée. L'agence Yamada m'avait chargée d'une course.

Tout de suite, j'ai pensé que j'étais déjà venue au même endroit. Tout est brusquement remonté à ma mémoire. J'étais venue nonchalamment dans ce musée de la ville un dimanche en fin de journée, un an environ après la disparition de Tobio. J'avais regardé des sculptures qui représentaient des chèvres, des vaches et des chevaux.

Le couloir m'a paru encore plus long que la fois précédente. Un jeune homme est apparu à l'autre bout. Il s'est rapproché. Je n'ai pas pu réprimer un léger cri. Il ressemblait trait pour trait à Tobio. C'était impossible !

La distance qui nous séparait a encore diminué, je pouvais distinguer son visage. C'était Tobio. Mieux encore, c'était le jeune homme d'alors, qui avait un peu plus de vingt ans.

Je l'ai appelé doucement, comme l'autre fois. Il s'est tourné vers moi.

« Asaka ? »

Tobio aussi a prononcé mon nom.

J'ai couru dans sa direction, lui aussi s'est mis à courir. Nous étions si près l'un de l'autre que je pouvais sentir la chaleur de son corps. Mais soudain il a disparu.

Je l'ai cherché partout, mais il n'y avait personne. J'ai regardé de tous les côtés, d'un bout à l'autre du couloir, en vain. Hébétée, je me suis rendue à l'administration du musée. Tout simplement parce que l'heure du rendez-vous était arrivée.

Après en avoir terminé avec le travail, je l'ai cherché dans tout le musée pendant une demi-heure environ. J'ai même demandé à voir la réserve. Bien sûr, Tobio n'y était pas. C'était une belle journée. Dans le parc à côté du musée, des enfants jouaient. Un autobus roulait le long de l'avenue bordée d'arbres. Tout en me disant que je devais le prendre, j'en ai laissé passer plusieurs, et je ne me souviens pas comment je suis rentrée à l'agence.

Quand ma mission à l'agence Yamada a pris fin, une longue période a suivi pendant laquelle j'ai été envoyée dans diverses entreprises. Mon fils est devenu étudiant, mon mari voyait l'heure de la retraite approcher. Les dimanches où les deux hommes étaient sortis, je faisais la sieste. Quand je me réveillais, l'après-midi touchait à sa fin, j'avais l'impression de revivre le passé, et la même mélancolie fondait sur moi.

Cette tristesse que j'étais restée longtemps sans ressentir s'accompagnait d'une délicate nostalgie.

Après m'être lavé le visage, je me suis maquillée légèrement, puis je me suis changée. Je suis sortie, non sans m'être assurée que j'avais bien mon téléphone portable dans la poche de mon manteau, ainsi que mon portefeuille et un mouchoir.

Le musée de la ville était vétuste à présent. Le couloir qui suivait immédiatement l'entrée était aussi long que dans mon souvenir. Tandis que j'avançais lentement, j'ai remarqué une femme qui venait de mon côté. Elle se tenait bien droit et marchait à grands pas.

« Maya ! »

Une certaine distance nous séparait encore, mais je l'ai appelée.

« Comment, mais c'est toi, Asaka ? »

Elle paraissait beaucoup plus jeune que lors de notre rencontre fortuite à Disneyland.

« Tu vas bien ?

— Oui, enfin, comme je suis morte, la question n'a pas grand sens, mais disons que ça va.

— Est-ce que monsieur Yamada t'a rejointe ?

— Non, figure-toi, il prend son temps. Il doit sûrement être envahi de regrets à l'idée de quitter le monde d'ici-bas. »

Elle est restée un long moment à me regarder, comme si la lumière la gênait.

« Dis-moi… »

J'avais décidé de poser la question à Maya.

« Qu'est-ce qu'il y a ?

— Est-ce que Tobio est de ce côté-là aussi ?

— Mais oui.

— Est-ce qu'il va bien ?

— Ne te l'ai-je pas dit ? Cela ne veut rien dire quand on est mort ! »

Et Maya a éclaté de rire. Un rire qui lui ressemblait bien, un rire éclatant.

« Je me demande quand Tobio est mort…

— Apparemment peu de temps avant moi. »

Je m'en doutais plus ou moins. Mais je ne voulais pas y croire.

« Est-ce que je pourrai te voir de nouveau au même endroit ? ai-je demandé.

— Non, ne viens plus, c'est inutile. Le temps ne revient pas, tu sais. »

J'ai tendu la main vers Maya. A l'instant même, elle a disparu. Le couloir baignait dans un profond silence. Ce jour-là, étaient exposées les œuvres d'un peintre qui avait passé sa vie en France. J'ai longuement regardé les toiles avant de rentrer chez moi.

Dix années ont encore passé. Pas une seule fois je ne suis retournée au musée de la ville. Mon fils s'est marié, il a eu un garçon. Mon mari a pris sa retraite et il s'est mis en tête de préparer les repas. Il fait très bien la cuisine. Quant à moi, je fais du bénévolat, je chante dans la chorale du foyer près de la maison, ma vie s'écoule ainsi.

Un dimanche en fin d'année, on m'a chargée d'accompagner au musée des personnes en fauteuil roulant. Justement, il était prévu de visiter le musée de la ville. Il y avait beaucoup de monde et j'étais persuadée qu'en empruntant le couloir qui part de l'entrée, je ne ferais cette fois aucune rencontre. J'avais vu juste, et le groupe bruyant que je guidais s'est avancé sans que nous croisions personne.

J'ai attendu le départ du petit véhicule de transport, puis j'ai quitté les membres du personnel chargés de s'occuper des fauteuils roulants. Le soleil n'était pas encore couché. Des enfants jouaient dans le parc. On entendait quelques notes de piano qui s'échappaient d'une maison proche. L'autobus est arrivé sur l'avenue bordée d'arbres.

Non, je ne veux pas ! Je ne voulais pas en rester là.

J'ai tourné le dos à l'autobus. J'ai presque couru en direction du musée. J'ai poussé la porte, acheté un billet d'entrée, et j'ai foulé le long couloir. Personne. Pas le moindre bruit.

Bientôt, une silhouette s'est dessinée dans le fond.

« Tobio ! »

Comme autrefois, il a le teint clair, les sourcils fournis, il porte des lunettes. Il me semble légèrement plus jeune que lorsque nous vivions ensemble. Si j'ai cette impression, c'est peut être parce que moi, entretemps, j'ai vieilli.

« Asaka ! »

Nous sommes restés debout l'un en face de l'autre, sans nous quitter des yeux.

« J'ai vieilli, tu sais.

— C'est vrai, tu as vieilli.

— Tu n'es pas très poli.

— Je suis franc, c'est tout.

— Tu joues toujours du violon ?

— Tu sais, je crois que ton mari tire de plus belles sonorités que moi de son violon. Je te jure que c'est vrai !

— Peut-être, mais toi, tu es un meilleur interprète.

— C'est gentil. »

A l'autre bout, une nouvelle ombre se profile. J'ai cru d'abord que c'était Maya, mais la silhouette avance à petits pas et n'a rien de son éclat.

« Te voilà ! » dit Tobio en avançant la main vers la jeune fille. Ils se sont pris par la main.

C'est moi, quand j'étais jeune.

« Tu te souviens, autrefois, j'ai cessé à un moment de jouer du violon pour toi, eh bien, c'est elle qui t'a remplacée. »

D'un air gêné, la fille s'est légèrement inclinée devant moi. Moi, stupéfaite, je ne les quittais pas des yeux.

« Asaka, je te souhaite de vivre longtemps », a dit Tobio. Puis, tenant fermement la main de la fille, il a fait quelques pas. La fille réglait son pas sur le sien. Je les ai suivis des yeux, sans réaction. La fille s'est retournée. Elle avait une expression heureuse. J'ai éprouvé une souffrance fulgurante. J'aurais tant voulu vivre plus longtemps avec Tobio ! J'aurais voulu l'aimer davantage ! Mon cœur débordait de tous les sentiments qui se pressaient en moi et me faisaient mal.

Juste à l'instant de disparaître, ils se sont retournés une fois encore. La fille, enfin celle dont le visage avait dépassé la trentaine, portait, plus profondément que Tobio, les marques du temps. Le visage de Tobio avait pris des contours plus flous, il était devenu presque indistinct. La fille a ouvert la bouche, comme si elle murmurait quelque chose.

« Merci ! » C'est ce qu'il m'a semblé entendre. Ils se sont effacés tous les deux. Le couloir s'était refroidi.

Merci ? J'ai murmuré ce mot à mon tour, et j'ai laissé le musée derrière moi. La nuit n'était pas encore vraiment tombée. Le vent était froid. Un instant, j'ai pensé à mon mari. Puis, sans raison, je me suis souvenue de la vieille petite voiture bleue que conduisait le garçon venu prendre le violon de Tobio. Il avait posé le vieil étui patiné qui renfermait l'instrument sur le siège arrière, qui était défoncé. J'ai tenté de me remémorer les sonorités que tirait Tobio de son violon, en vain. Seules les notes que jouait mon mari retentissaient à mon oreille. Le visage de Tobio échappait aussi à mon souvenir. Au moment où j'en ai pris conscience, les larmes ont jailli. J'ai pleuré jusqu'à ce que l'autobus apparaisse dans l'avenue bordée d'arbres. J'ai sorti mon mouchoir de la poche de mon manteau, j'ai essuyé mes larmes, je me suis mouchée et je suis montée.

La clé

C'était la première fois de ma vie que mon cœur battait à la vue d'un homme en train de marcher devant moi en n'offrant que son dos à mon regard.

Il avait une nuque épaisse mais dénuée de la moindre parcelle de graisse, les muscles tendus prolongeaient la ligne des épaules, nettement visibles à travers l'étoffe d'un tee-shirt banal.

Les manches courtes laissaient voir des avant-bras brunis et les biceps rejoignaient harmonieusement les épaules. Les bras pendaient le long du corps et à la main gauche se balançait un sac en plastique venant du magasin de fruits et légumes du centre commercial de la gare. La paume droite serrait un petit objet argenté.

Couleur d'argent, qu'est-ce que cela peut bien être ? me suis-je demandé en m'approchant discrètement.

C'était un haltère. Plus je m'approchais, plus je me rendais compte à quel point ses muscles étaient saillants. Pourtant, je ne m'étais jamais intéressée à la musculature.

C'est de l'amour. J'en ai eu immédiatement l'intuition.

Quand je l'ai vu la fois suivante, c'était dans un jardin public.

Je n'ai pas réalisé tout de suite que c'était un être humain. Certes, il avait une silhouette masculine qui interdisait le moindre doute, mais il se tenait dans une posture si correcte, dans une immobilité si parfaite, que j'ai cru avoir affaire à un mannequin.

(Pourquoi un mannequin dans un tel endroit ? Et pourquoi un mannequin d'homme ?)

J'avais l'intention de le dépasser, mais il m'a semblé que le mannequin avait soudain bougé. J'ai regardé, le mannequin se mettait à plat ventre.

(Tiens, mais c'est lui !)

La distance m'empêchait de distinguer son visage, d'ailleurs, la dernière fois, je ne l'avais vu que de dos, si bien que je n'avais aucune idée de son âge, mais j'avais tout de suite reconnu la beauté de la musculature.

Craintivement, je me suis avancée dans le square. Des mères de famille formaient un groupe près du bac à sable avec leurs enfants. Il s'était mis à plat ventre à l'opposé du bac de sable et du toboggan. Les mères de famille lui tournaient le dos. Mais il était évident qu'elles avaient conscience de sa présence. Indéniable aussi qu'elles s'efforçaient de faire comme s'il n'existait pas.

Je me suis assise sur un banc à côté du toboggan. J'ai ouvert un magazine que je venais d'acheter. Je pouvais percevoir sa respiration.

Il respirait avec bruit.
Son souffle était régulier, puissant.

Je n'avais toujours pas vu son visage.

Sa silhouette de dos, sa nuque quand il était à plat ventre, son dos large et puissant. C'était tout ce que je connaissais de lui.

Un jour, il a soudain disparu du square où il faisait ses étirements. Le vent tournait la page de mon magazine, les enfants piaillaient dans le sable, un instant de distraction, et il avait disparu.

Je n'ai pour ainsi dire jamais été amoureuse.

Je crois bien avoir eu ce qu'il est convenu d'appeler des relations. Aller au cinéma avec un garçon, par exemple. Echanger souvent des mails, toujours sans importance. Avoir rendez-vous après le travail et dîner ensemble. Puis, au bout d'un certain temps, passer la nuit chez lui (à moins que ce ne soit chez moi).

De quelle façon ces relations commençaient-elles, à vrai dire, je n'en sais rien. Ce que les gens appellent communément une relation, hommes et femmes confondus, ce qu'ils déclarent comme telle, je sais à quoi m'en tenir depuis l'école primaire. Mais je n'ai jamais fait ce genre d'aveu, jamais non plus on ne m'a rien avoué de ce genre. Les choses commencent toujours sans raison précise.

Pour être honnête, je dois avouer que je n'ai jamais entendu de la bouche de personne les mots « je t'aime ». Bien entendu, jamais non plus je n'ai dit ça à quelqu'un.

J'ai eu une relation avec trois hommes. Compte

tenu de mon âge, trente-deux ans, le moins qu'on puisse dire, c'est que ce n'est pas beaucoup. Ce n'est pas non plus négligeable.

Mais ce n'était pas de l'amour. Je ne m'en étais jamais rendu compte jusqu'à ce que je le rencontre, lui.

J'ai découvert où était sa maison.

C'était dans le petit bois du sanctuaire qui se trouve juste derrière le square.

Plusieurs planches soigneusement disposées, recouvertes d'une bâche en plastique bleu, constituaient son logement. Il était allongé dessous et respirait paisiblement. Il gardait les yeux fermés.

(Exactement dans la position d'un cadavre.)

C'était ma posture favorite au cours de yoga où j'allais. Respirer doucement, l'abdomen rentré, sans penser à rien, autant que possible.

La beauté de son corps se remarquait davantage encore que quand il était debout. Son ventre plat gonflait harmonieusement quand il inspirait et perdait son volume quand il rejetait l'air. Torse, épaules, jambes, son corps tout entier décrivait une forme harmonieuse. Comme toujours, il portait un banal tee-shirt blanc sur un short gris, mais l'impression qui se dégageait de ce corps, c'est qu'il était nu.

Lentement j'ai marché dans sa direction. Il avait les cheveux courts, semés de quelques fils blancs. Pas de barbe. Les sourcils fournis.

J'ai croisé son regard. Il avait les yeux clairs.

Il s'appelait Nanao.

Parce qu'il était le septième enfant.

Cet homme qui parlait peu, curieusement, m'a expliqué spontanément l'origine de son nom.

Ces derniers temps, je le rencontre toujours dans le square. Les enfants du bac à sable, les mères aussi semblent s'être habitués à moi et à lui, leurs regards empreints de soupçons se sont effacés.

Quand je le retrouve, il est toujours en train de remuer une partie de son corps. A moins qu'il ne cesse tout mouvement, et comme lorsque je l'avais pris pour un mannequin, il se tient immobile, dans un bel équilibre.

Il m'a donné un haltère argenté, en me disant : « Vous avez l'air d'en avoir envie. » Je désirais tout ce qu'il possédait. Et j'aurais voulu lui donner tout ce dont il avait envie.

« Mais je n'ai envie de rien », a-t-il dit. La seule chose qu'il désirait, c'était de la nourriture et de l'eau.

« Vous n'avez pas besoin d'argent ? » ai-je demandé. Il s'est contenté de secouer doucement la tête. Il menait la vie d'un SDF, mais il travaillait. Il relisait des textes à la recherche de fautes d'impression.

« Vous travaillez chez vous ?

— Je vais à la maison d'édition, il y a une pièce pour ça. »

Quand les enfants s'approchaient de nous en riant, il ne répondait jamais à leurs rires. Si je riais, il ne riait jamais avec moi.

« Ce n'est pas intéressant de vivre ? »

Il n'a pas répondu. Il s'est contenté de baisser la tête avant de dire finalement :

« Non, il ne s'agit pas de ça. »

Il m'a dit un jour qu'il aimait bien son prénom. Nanao.

« Moi, je m'appelle Suzune », lui ai-je appris, mais il n'a fait aucun commentaire. Même plus tard, il ne m'a jamais appelée par mon prénom. C'est la raison pour laquelle moi non plus je n'énonce jamais son prénom. Le japonais est une langue bien pratique. Ni tu, ni vous, ni prénom, ni nom, rien n'entrave la possibilité d'entamer la conversation.

Quand l'été culmine, les moustiques affluent dans le jardin public. Il se faisait piquer très facilement.

« Ça prouve que mon sang a bon goût ! » a-t-il dit sans que l'expression de son visage change. J'avais envie de rire, mais peut-être qu'il n'avait nulle envie de plaisanter, c'est ce que je me suis dit.

Quand nous étions ensemble, jamais il ne cherchait à frôler mon corps.

Moi, j'avais terriblement envie de le toucher. Parfois, je lui demandais de me laisser le caresser.

Les bras, les épaules, le bas des reins.

Lorsqu'il était détendu, son corps était d'une souplesse surprenante.

« En fin de compte, les muscles ont vraiment quelque chose d'élastique !

— Ce n'est pas toujours le cas, vous savez ! »

J'ai touché mes propres muscles. Autant dire que je n'en avais pas ! Pourtant, mon corps était bien plus raide que le sien.

A présent, je connais son visage.

Mais quand nous ne sommes pas ensemble, je n'arrive pas à m'en souvenir.

J'étais tombée amoureuse de son visage, de sa voix, de son caractère, en un mot, j'aimais tout de lui, absolument tout.

Au fait, *tout*, qu'est-ce que ça veut dire ?

Le corps, le cœur, l'expression du visage, le son de la voix.

Pour moi, c'est ce qui représentait le *tout* de l'homme.

Quand je ne le trouvais pas dans le jardin, j'allais jusque chez lui.

La plupart du temps, il y était en fin de journée. Il se préparait de la soupe dans une grande marmite. Un poulet, des carottes, des pommes de terre, quelques feuilles de chou, du céleri. Le poulet qui n'avait pas été découpé, les légumes, tout finissait par se dissoudre.

« Quand tout a perdu ses contours pour se fondre dans le même jus, c'est ça le meilleur ! » disait-il. Une fois, il m'a fait goûter à cette soupe dense. C'était véritablement délicieux. Vous voulez du pain ? J'ai dit oui. Le bruit de quelque chose qui croustille. Il m'en a tendu un morceau, qu'il a sorti d'un sac de toile.

« Qu'est-ce qu'il y a d'autre dans le sac ? »

Il a regardé dedans quelques instants.

« Du riz, un couteau, un verre, un anorak, trois haltères, et des choses sans valeur.

— Mais encore ? »

Eh bien, et il a de nouveau jeté un œil à l'intérieur.

Tiens, des lunettes. Et aussi deux cahiers, des notes de travail. Un tout petit peu d'argent, et une clé.

Il habitait une cabane dans un petit bois qui abritait un sanctuaire. Une clé ? A quoi pouvait-elle bien servir ? Je me posais la question, mais sur le moment, je n'ai pas pu lui demander.

Je n'ai confié à personne mes sentiments.

Je continuais à aller ponctuellement au bureau, je prenais normalement mes jours de congé, je sortais boire entre collègues si on m'invitait. Je n'ai pas d'amis, j'ai toujours vécu de cette manière.

Je n'éprouvais aucun besoin de parler à quelqu'un de l'amour que je ressentais. Pas même à lui.

Je le voyais dans le square le samedi et le dimanche. Trois ans déjà ont passé depuis que nous nous rencontrons et que nous restons assis côte à côte.

La clé de quoi ?

Une fois seulement, je lui ai posé la question.

Il n'a pas répondu.

L'autre jour, j'ai appris qu'il avait soixante-cinq ans, nous avons donc exactement trente ans de différence. Mais cela avait pour moi aussi peu de sens que lorsque j'essayais d'évoquer son visage et que je n'y arrivais pas. S'il avait dix-huit ans, cela ne changerait rien pour moi. Laissons de côté la question de savoir si, à dix-huit ans, il aurait choisi la façon de vivre qui est la sienne.

Au lieu de répondre, il a sorti une clé du sac en tissu. Elle était couleur d'argent terni, de forme ancienne.

« Je n'arrive pas à m'en souvenir, a-t-il dit doucement.

— Vous voulez bien me la donner ? »

Il a fait oui de la tête.

« Est-ce que vous vous servez de l'haltère que je vous ai donné ?

— Pas trop. »

Il a ri. Je n'en revenais pas, je l'avais vu rire si peu souvent.

Je savais pertinemment qu'il disparaîtrait un jour ou l'autre.

Sans doute depuis que j'avais compris que je l'aimais.

Dans le coin du bois entourant le sanctuaire où il avait bâti son logis, il n'y avait plus rien. J'aimais bien la bâche bleue. Les cartons auxquels il avait redonné forme, les planches pour se protéger du vent, j'aimais tout cela. Jusqu'au creux dans le sol qu'il avait laissé en s'asseyant ou en s'allongeant, tout m'emplissait de nostalgie.

Ce que j'éprouvais pour lui n'était ni plus ni moins que de l'amour.

Pendant longtemps, j'ai continué à aller au jardin public. Le nombre des enfants qui jouaient dans le bac à sable diminuait petit à petit, le bavardage des mères s'était tu. Mais au bout de quelque temps, d'autres enfants sont venus, il arrivait que des pères viennent se mêler à leurs jeux.

L'homme était parti, et je me demandais où il avait fini par échouer.

J'avais beau imaginer sa silhouette ailleurs, je n'éprouvais aucune jalousie, mon cœur ne battait pas plus fort. Qu'il soit ou non avec quelqu'un, cela m'indifférait. En revanche, lorsque je m'imaginais ouvrant une porte inconnue à l'aide de la clé qu'il m'avait donnée, mon cœur s'embrasait, l'émotion me faisait trembler.

Le fait que je ne sois pas capable de me souvenir de lui en train de rire m'apportait le calme. De toute façon, j'étais incapable de me souvenir de ses traits. Je me rappelais parfois qu'il était le septième enfant. Ses six frères et sœurs lui ressemblaient-ils ?

Mon amour pour lui ne s'éteignait pas. Sans doute ne s'éteindra-t-il jamais. L'amour, au fond, qu'est-ce que c'est ? Je n'ai pas de réponse. Pour moi, l'amour se résume au sentiment que j'éprouve pour lui, il n'est pas autre chose, et la clé d'argent terni qu'il m'a laissée est posée avec soin sur la deuxième étagère de la bibliothèque.

Ces derniers temps, j'utilise de façon quotidienne l'haltère qu'il m'a donné. A présent, mes muscles sont légèrement saillants. Quand mon cœur est vide de sentiment, je caresse mes biceps. Décidément, ils n'ont pas la moindre souplesse, cette souplesse que l'homme possédait, ils sont toujours aussi rigides.

Le stylo en argent

C'est un risque à courir, me suis-je dit.

C'était il y a une heure, et comme je m'en doutais, je me suis retrouvée dans un hôtel.

« Je t'aime, tu sais, Sayo », a murmuré Katsuragi.

Ces mots m'ont fait plaisir. Je l'ai enlacé de toutes mes forces et je l'ai embrassé longuement. Je me suis déshabillée lentement (c'est lui qui s'en est chargé en partie). Je m'efforçais autant que possible de m'adapter à son rythme. A certains moments, j'essayais aussi de pousser des gémissements.

Quand j'ai quitté l'hôtel, c'était l'aube.

« Il faut que je rentre me changer », a dit Katsuragi sans cesser de me tenir la main lorsque nous nous sommes retrouvés dans la rue. Nous avons pris le troisième train de la journée, il est descendu avant moi. J'ai continué un peu plus loin, jusqu'à ma correspondance, et j'ai pris une ligne privée.

Katsuragi et moi faisons partie du même cercle depuis l'université. Ce n'est pas la première fois que nous nous rencontrons seul à seule, mais nous ne sortons pas vraiment ensemble.

« Je t'enverrai un mail », a-t-il dit au moment de descendre. J'ai agité la main, il a répondu à mon geste d'un air gêné.

Je ne sais pas pourquoi, mais ces derniers temps, j'ai un succès fou auprès des garçons.

Par les temps qui courent, filles et garçons semblent avoir un unique but dans la vie : plaire, et ils ne ménagent pas leurs efforts pour y arriver. Mais moi je suis persuadée que cela ne me concerne en rien.

Quand j'ai quitté Kitamura, un garçon que je fréquentais à l'université, je suis restée longtemps sans avoir ce qu'il est convenu d'appeler un amoureux. J'ai quitté mes parents à vingt-cinq ans pour vivre seule. Cinq ans ont passé en un clin d'œil, j'ai trente ans à présent. Mon travail ne me laisse pas de temps. Je prends des cours de guitare classique, il m'arrive d'aller boire avec des amis, moins nombreux que mes amies. J'ai bien un vague désir d'avoir une histoire d'amour, mais la crainte de me compliquer la vie est la plus forte. Ce sentiment ressemble un peu à ce que doit éprouver le premier ministre quand sa cote de popularité baisse jusqu'à être inférieure à 50 %.

Depuis que j'ai eu trente ans en février, je me suis mise brusquement à avoir du succès.

En mars, Hirai m'a invitée. Il fait partie du même service commercial que moi depuis la même date. Comme je n'ai pas vraiment d'atomes crochus avec lui, je n'étais pas particulièrement emballée. Je me suis rendue sans enthousiasme au rendez-vous en me disant qu'il voulait sans doute avoir mon avis à propos des relations au sein de l'entreprise. Nous avons bu du saké, évoqué certains souvenirs de nos débuts dans la boîte, et bavassé tant et plus sur les connaissances que nous avions en commun.

Mais enfin, pourquoi donc m'a-t-il invitée ? pensais-je tout en marchant à ses côtés. Sur le chemin de la gare, il m'a pris la main. J'avais un peu bu, et je l'ai laissé faire sans me poser de question.

Avant que j'aie compris ce qui m'arrivait, j'étais dans un hôtel. Je suis amoureux de toi depuis longtemps, me disait-il. Mais moi, moi, je, je n'avais jamais songé que, que… Tout en balbutiant, j'ai vu mon ventre nu. Il y avait un miroir au plafond. Il y avait longtemps que je ne m'étais pas retrouvée dans un hôtel de ce genre. Dix ans au moins.

J'ai songé que la décoration de la chambre était beaucoup plus sobre qu'à cette époque. Il m'a semblé que Hirai faisait bien l'amour (encore que mon peu d'expérience m'interdise toute comparaison, mais je suis bien obligée de me contenter de cette appréciation). Depuis, nous avons pris l'habitude de nous rencontrer deux fois par mois.

En avril, Yoshida m'a invitée.

Il se trouve que le professeur attitré de guitare classique, monsieur Tachiwara, avait eu un empêchement et s'était fait remplacer par Yoshida, un jeune professeur qui ne devait pas avoir trente ans.

« Monsieur Tachiwara m'a donné des leçons particulières au moment des examens d'entrée à l'université », m'a raconté Yoshida tout en avalant une cuillerée pleine à ras bord de curry aux légumes. Moi, je sirotais une petite bouteille de bière qui portait un nom étranger.

« Mademoiselle Otake, est-ce que vous avez un amoureux, ou enfin, quelqu'un de ce genre ? m'a demandé Yoshida.

— Non, enfin, pas vraiment, ai-je répondu au petit bonheur, parce que je ne savais pas quoi répondre, ce qui a fait rire Yoshida.

— Comment ça, pas vraiment ?

— Oui, enfin, je veux dire que je n'ai personne depuis près de dix ans, ai-je répondu, en me forçant un peu à me dire que Hirai n'appartenait pas à la catégorie des « amoureux ».

— Vous êtes plus âgée que moi, vous n'avez pas à me faire des politesses.

— Peut-être, mais en l'occurrence, vous êtes mon professeur ! »

Tout en disant qu'il n'aurait plus l'occasion de venir enseigner dans cette classe et que donc il n'était plus mon professeur, il a avalé une nouvelle cuillerée de curry aux légumes. Il a ajouté qu'à l'automne il partait étudier à l'étranger.

« Où irez-vous ?

— A Budapest. »

Le nom de la ville a retenti à mes oreilles comme un soulagement. Je ne suis jamais allée à Budapest. Et je n'irai sans doute jamais. Sans que je m'explique pourquoi, cela m'a rassurée.

Je me sentais d'humeur joyeuse, et j'ai bu bière sur

bière. Quand j'ai réalisé que j'étais ivre, j'étais dans une chambre d'hôtel. Sans dire un mot, ou presque, nous avons tous les deux remué nos corps. Nous avons quitté l'hôtel au bout de deux heures, nous nous sommes séparés sans nous dire vraiment au revoir et je pensais que nous n'aurions plus l'occasion de nous rencontrer, mais la semaine suivante, Yoshida m'a téléphoné.

Je ne le vois pas aussi souvent que Hirai, mais je continue à le fréquenter.

En mai, Tayama m'a invitée. En juin, c'était le tour de Kobayashi, qui est sorti de l'université un an avant moi. Comme avec Hirai et Yoshida, je me suis retrouvée à l'hôtel sans même savoir pourquoi.

C'est à n'y rien comprendre.

Je ne suis pas particulièrement ce qu'on appelle une jolie fille. Je me répète tout le temps que je devrais faire un régime. Je n'ai pas de conversation. Je n'ai pas non plus le don d'amener les gens à se confier, pour ensuite être en mesure de leur apporter mon soutien.

Peut-être que mon horoscope présente une conjonction de planètes tenant du miracle, oui, ça doit être ça, je ne vois pas autrement !

Voilà ce que j'ai noté sur mon agenda le jour où je suis allée pour la première fois à l'hôtel avec Kobayashi. Je n'ai rien écrit d'autre.

Après le mois d'août, Yoshida ne s'est plus manifesté, mais Katsuragi a fait son apparition.

Je me demandais lequel d'entre eux j'aimais le plus.

Je me suis posé et reposé la question. Sans trouver de réponse.

Pour changer, je me suis mise à réfléchir à ce que je n'aimais pas chez chacun d'eux. Il est pingre. Il devient collant quand il a un peu trop bu. Il grave pour moi sur des CD des airs qu'il aime mais qui sont à l'opposé de ce que j'aime, moi. Il a des chaussettes affreuses.

Rien de déterminant. Rien qui me donne une bonne raison de ne pas les aimer.

Je ne savais pas quelle conduite adopter. Tout ce que je savais, c'est que je ne pouvais pas continuer à les fréquenter tous. Mais qui devais-je quitter, qui devais-je continuer à voir ?

Je n'en avais aucune idée.

Hirai, Tayama, Kobayashi, Katsuragi (quant à Yoshida, parti à l'étranger, je ne l'inclus pas dans la liste, ce qui me permet de pousser un léger soupir d'aise). Je n'ai confié à personne que je fréquentais quatre hommes en même temps.

Ce n'est pas que j'aie peur des critiques. Non, j'ai peur qu'on ne me croie pas, qu'on s'imagine que je me fais des idées, du genre « elle prend ses désirs pour des réalités ».

Moi-même, je me prends à douter de la réalité de la situation.

Pourtant, chacun m'envoie des mails ou me téléphone, m'invite à dîner et m'emmène à l'hôtel, en bonne et due forme.

Et si j'étais du genre « femme fatale » ? J'ai noté

ça dans un espace libre de mon agenda, à la fin du mois dernier. Apparemment, je ne me souvenais pas du caractère pour écrire *femme fatale*.

Quoi qu'il en soit, je n'ai absolument rien à voir avec une ensorceleuse. Cela, je le sais parfaitement.

Quand je retrouve Hirai, c'est Hitai que j'aime. Quand je suis avec Tayama, c'est Tayama. Et quand je suis avec Kobayashi ou Katsuragi, je suis persuadée que c'est eux que j'aime.

Mais quand je me retrouve chez moi et que j'essaie de me rappeler les moments que j'ai passés avec eux, tout devient flou.

C'est la preuve que je ne sais pas ce que c'est que l'amour !

Voilà ce que j'ai noté dans mon agenda, la semaine dernière.

Je me prends à imaginer la scène où je les quitte. Je suis pleine de tristesse. Aussi bien pour Hirai que pour Tayama, aussi bien pour Kobayashi que pour Katsuragi, le chagrin me submerge.

Je me mets à plat ventre sur le lit. C'est la meilleure position pour dormir. Ces derniers temps, je ne fais que des rêves effrayants. Par exemple, je suis dans un ascenseur qui n'en finit pas de descendre sans s'arrêter. Ou bien, je découvre, cachés dans une armoire, des êtres vivants que je n'avais jamais vus.

J'enfouis mon visage dans l'oreiller et je respire profondément. La taie a gardé l'odeur du shampoing dont je me sers d'habitude.

Pourvu que personne ne me contacte demain ! Je ferme les yeux.

Il y avait longtemps que je n'avais pas mis les pieds à Ginza.

Je suis allée directement à l'entresol de la grande papeterie Itô-ya. J'étais venue dans l'intention d'acheter du papier à lettres, mais avant de monter à l'étage au-dessus, j'ai eu soudain envie de regarder les stylos.

Un stylo en écaille. Un autre traversé de rayures argentées. Un autre encore, massif, en forme de fusée. Un stylo vieillot, orné de petites pierres.

Ils coûtent tous plus de cent mille yens. On les a disposés dans une vitrine un peu à l'écart des stylos ordinaires, ce sont des stylos à part.

Sous le charme, je m'oublie à les contempler.

Ils sont pour la plupart destinés à une main masculine, il y en a cependant un très fin, couleur d'argent. Des arabesques ornent le corps du stylo ainsi que le capuchon. Le tracé est fin, très travaillé.

Mon intention était de me contenter d'admirer l'objet. Mais l'envie m'est venue de le toucher, de le prendre dans ma main. J'ai demandé au vendeur de m'ouvrir la vitrine.

C'est ce qu'il a fait avec une lourde clé, il a extrait le stylo et m'a demandé si je voulais l'essayer.

Il s'appelait Watanabe, son nom était attaché à son vêtement, il m'avait posé la question d'une voix douce. J'ai acquiescé.

Il est retourné au comptoir et a rempli d'encre le stylo.

L'encre était bleu foncé, j'ai fait des lignes, des

ronds, j'ai dessiné des petits poissons. J'avais bien l'intention de tracer aussi des lettres, mais rien ne me venait à l'esprit, si bien que j'ai écrit les *kanji* de Hirai, Tayama, Kobayashi et Katsuragi. Les quatre noms comportaient tous des traits horizontaux.

Je voulais essayer aussi de tracer des lignes penchées. Alors j'ai écrit à côté des autres noms celui de Watanabe, le vendeur.

Sans lâcher le stylo, j'ai gardé les yeux fixés sur les cinq noms. Je n'ai rien ressenti. J'ai écrit le nom de Kitamura, le garçon que je fréquentais à l'université, en dessous, j'ai écrit mon prénom, Sayo. Alors, vaguement, j'ai commencé à me souvenir que mon cœur avait battu la chamade. Puis Ota, le garçon dont j'étais amoureuse à l'école, nous avions dessiné ensemble un parapluie avec notre nom de chaque côté, je me suis souvenue de la gêne que nous avions ressentie, de la rougeur qui nous était montée au front, de notre joie aussi.

Non, non, ça ne va pas, ai-je murmuré.

J'ai rendu le stylo à monsieur Watanabe, sans oublier de le remercier. Renonçant à aller au rayon du papier à lettres, j'ai quitté le magasin sans traîner. Et, tout en marchant dans la grande avenue, j'ai envoyé le même mail aux quatre garçons : *Ne m'en veux pas, je crois qu'il vaut mieux qu'on ne se voie plus.*

Avec Tayama, Kobayashi, Katsuragi, tout s'est passé comme sur des roulettes. J'ai fait une exception pour Hirai, que j'ai voulu rencontrer une fois pour lui expliquer la situation en bonne et due forme.

Pendant quelque temps, j'ai fait des rêves angoissants, mais je n'ai presque pas eu besoin d'attendre pour retrouver le sommeil et dormir d'une traite jusqu'au matin.

A la fin de l'année, je suis retournée à Itô-ya. Le stylo en argent était toujours là. Je l'ai acheté avec ma carte de crédit, en douze versements. Watanabe n'était pas là. C'est une jolie vendeuse qui l'a enveloppé dans son étui habillé de papier vert, à l'occasion de Noël. Elle a fermé le paquet à l'aide d'une étiquette dorée et elle a ajouté un ruban rouge.

Avec une petite prière pour que le même cycle ne se reproduise pas !

Voilà ce qu'on peut lire sur mon agenda, dans un espace vide au début du mois d'octobre, écrit au stylo à bille. Avec en dessous ces mots :

C'est un peu dommage, mais bon…

Je n'arrivais toujours pas à retrouver le *kanji*.

Quand j'ai acheté le stylo en argent, j'ai choisi en même temps un agenda pour l'année qui arrivait. Il était différent de ceux que j'avais l'habitude d'utiliser, c'était un grand format. J'ai essayé mon stylo tout neuf sur les espaces libres de l'ancienne année qui précèdent la nouvelle. Des lignes, des ronds, des petits poissons. J'ai écrit aussi mon nom en entier : *Otake Sayo*.

L'encre bleu foncé faisait un bel effet sur le papier blanc, la plume glissait en douceur. J'ai laissé ouvert l'agenda, j'ai soufflé pour sécher l'encre. Je me suis dit que je devrais acheter un buvard. Au fait, comment s'appelle cet objet en forme de barque qui sert à maintenir un buvard ? J'aimais bien Hirai. C'est ma faute, c'est moi qui ne sais pas me décider.

Tout en me parlant à moi-même, j'ai soufflé sur l'encre, qui a séché tout de suite. La couleur m'a paru plus dure, plus foncée aussi, que lorsqu'elle était encore humide.

Le transistor

Un beau jour, Kazufumi m'a dit : On va faire un voyage au gré de notre fantaisie, là où souffle le vent !

Qu'est-ce que ça veut dire, tu te prends pour un chanteur folk d'autrefois ou quoi ? ai-je failli dire, mais j'ai pris sur moi. Il arrive de temps à autre à Kazufumi de dire des choses extravagantes qui n'ont pas grand sens.

Si on allait à Nara ? a-t-il continué. Pourquoi Nara ? Cette fois, je ne me suis pas retenue et je lui ai franchement posé la question. Je ne sais pas, une idée comme ça, a-t-il répondu en penchant la tête tandis qu'il se passait la main dans les cheveux. Décidément, cet homme avait des gestes dénués de signification. Je me demandais ce que je faisais avec lui depuis trois ans, pourquoi je ne l'avais pas encore quitté. J'avais beau réfléchir, il n'était absolument pas mon genre. Pire encore, je ne savais pas du tout comment me comporter avec lui.

Kazufumi, sans se rendre compte de rien, est allé sur-le-champ dans une librairie acheter un guide de

Nara et il a réservé une chambre dans une auberge non loin de l'étang de Sarusawa.

Nara en été, ça doit être chouette ! Tout en faisant ce genre de réflexion, Kazufumi s'est empressé de faire les préparatifs du voyage. Enfin, préparatifs, c'est un bien grand mot, car ce qu'il emportait se limitait à un polo, un sous-vêtement, un slip, un transistor (qui est un souvenir de son père défunt, de la grosseur d'un dictionnaire, Kazufumi ne s'en sépare jamais, il est toujours dans son sac, pourtant, il est plutôt lourd, avec ses quatre grosses piles), un chapeau en tissu, le tout fourré au petit bonheur dans un sac de voyage plutôt fatigué…

Les mots *Nara en été* m'avaient mise d'humeur joyeuse, et je me suis préparée à mon tour. Comme Kazufumi, je n'avais pas beaucoup de bagages. Un polo, un soutien-gorge, un slip, le strict minimum de maquillage, un après-shampoing et un tube de crème solaire. Le tout ne prenait pas beaucoup de place dans le sac. Mine de rien et malgré moi, je m'adaptais au rythme de Kazufumi. *Si c'est l'été…* Tout en chantonnant, j'ai tiré d'un geste sec la fermeture éclair du sac de voyage.

Ça sent rudement fort ! Kazufumi a froncé les sourcils à la vue des biches.

Et cette chaleur ! J'ai failli lui dire que c'était lui qui avait décidé ce voyage, mais je me suis retenue. C'est vrai, le parc national était envahi par une puissante odeur de cervidés. Nous étions arrivés en début d'après-midi à la gare de Nara par la ligne Kintetsu et nous avions cherché un restaurant de nouilles que mentionnait le guide. Nous avions déambulé vainement au hasard des ruelles, avant de finir par découvrir l'endroit au fin fond d'une impasse. Sur le rideau de fer était collée une petite affiche annonçant en grosses lettres bien visibles que le restaurant était fermé pour les vacances.

La chaleur m'avait épuisée. Il faut dire que toi, Yôko, tu as l'habitude d'aller et venir dans un bureau climatisé, et encore tu ne te déplaces pas beaucoup ! a dit Kazufumi en éclatant de rire. Moi, je suis souvent à l'extérieur en veste et cravate. Alors, cette chaleur, ça me laisse froid, si on peut dire ! Il faisait le fier, mais le restaurant de *kamameshi* où nous avons voulu aller à la place de celui qui était fermé était bondé, et nous avons dû faire la queue dehors en plein soleil. Au bout d'un quart d'heure, Kazufumi a fini par éclater.

Les biches, ça pue, non vraiment ! Il a enfoncé son chapeau sur son crâne sans arrêter de récriminer.

Les biches, c'est les biches. Comment veux-tu qu'elles aient une autre odeur ? ai-je dit. Il m'a regardée avec rancune. Voyez-vous ça ! Et il a sorti le transistor de son sac, qu'il a allumé d'un geste brusque. Y a-t-il des différences d'ondes entre Nara et Tôkyô, toujours est-il qu'il y avait plein de parasites. Kazufumi a doucement tourné la molette.

Actuellement, l'océan Pacifique est sous l'influence de hautes pressions. La chaleur enregistrée aujourd'hui est la plus forte de l'été. De violents orages sont à craindre en fin de journée.

La voix du présentateur a soudain résonné clairement. C'était une voix grave, très agréable. Les gens qui faisaient la queue ont tourné leur visage vers nous avec un bel ensemble, comme le vent fait ployer les herbes. Kazufumi a appuyé sur le bouton d'un geste sec pour éteindre. J'étais très gênée, je me suis sentie rougir jusqu'à la racine des cheveux.

Au bout d'un moment, notre tour est enfin arrivé. A peine entrée dans la salle où la climatisation marchait à fond, j'ai arrêté de transpirer. Mais il m'a semblé que la chaleur extérieure fonçait sur moi d'un coup. J'avais encore plus chaud quand j'étais dehors. J'étais comme anéantie. Kazufumi était en train de passer la commande à la serveuse, une marmite de riz avec cinq sortes d'ingrédients et une autre avec de l'anguille grillée. J'ai murmuré que je préférerais des pâtes froides, mais il a secoué la tête avec assurance.

Puisqu'on est dans un restaurant dont c'est la spécialité, tu ne vas pas faire exprès de commander autre chose. Pour commencer, ce serait manquer de politesse.

Quelle politesse, à l'égard de quoi, de qui ?

Le Grand Bouddha ? Les biches ?

Non, vraiment, qu'est-ce qu'il a dans le crâne, ce mec ? Moi, boudeuse, j'ai commencé à m'éventer furieusement avec un grand éventail rigide posé sur un côté de la table. Dessus, on avait écrit au pinceau à grands traits *koto*, le nom de l'ancienne capitale.

Bientôt, on nous a servis. Kazufumi a soulevé le couvercle des deux petites marmites et il a réparti soigneusement une quantité égale dans nos bols à l'aide de la spatule. Je n'ouvrais pas la bouche, il m'a tendu le bol contenant le riz aux cinq ingrédients. J'ai mangé en silence, puis il a pris mon bol vide pour me servir du riz à l'anguille grillée.

C'est bon, hein ? a dit Kazufumi en me jetant un regard.

Oui, c'est bon, mais tu sais…

On a bien fait de commander leur spécialité, non ?

Oui, on a bien fait, mais tu sais…

Il a ri. A mon tour, j'ai ri. Je n'étais pas tout à fait revenue à mon humeur habituelle, mais c'est vrai que c'était très bon. J'ai raclé avec soin la pellicule de riz grillé qui restait au fond de la petite marmite.

Le patron de l'auberge nous a appris que, le soir venu, on ouvrirait la fenêtre qui d'habitude dissimule aux regards le visage du Grand Bouddha et que l'ensemble serait illuminé. Kazufumi a dîné très tôt, il voulait partir le plus tôt possible en direction du Todaiji.

Il était tout joyeux en disant : Tu te rends compte, il y aura un éclairage spécial ! Il marchait à toute allure. Moi, j'étais essoufflée. Le chemin qui conduisait au temple montait. Il avait attaché le transistor autour de ses reins. J'avais bien tenté de l'en dissuader en disant que ça lui donnait l'air d'un vieux type bizarre mais il n'avait rien voulu entendre.

J'aurais préféré rester tranquillement à siroter de la bière, ai-je dit d'un ton légèrement agressif, il s'est contenté de presser sur le bouton de la radio, non sans m'expliquer qu'on avait beau vouloir tourner doucement la molette, l'appareil étant un vieux modèle, le volume était toujours trop élevé. Tout en marchant péniblement à la suite de Kazufumi dans la rue où s'alignaient les boutiques de souvenirs, je me disais que ça sentait vraiment fort la biche. Mais je gardais mes réflexions pour moi. Tu vois, qu'est-ce que je disais ! J'étais vexée à l'idée qu'il ne manquerait pas de souligner qu'il avait eu raison dès le début. La radio diffusait une vieille chanson pop américaine.

J'ai longuement regardé les deux statues de gardiens à l'entrée du portail sud, avec leur bouche ouverte, on aurait dit qu'ils parlaient. En temps ordinaire, ils sont si hauts que même en plein jour, on a du mal à les voir, mais ce soir, grâce à l'éclairage, on pouvait distinguer l'expression de leur visage.

Ils font peur, ai-je dit. Kazufumi a levé la tête à son tour pour les regarder, puis il a dit au bout d'un moment : C'est vrai, ils ont une expression terrible, mais en même temps, ils sont attendrissants. Ils te ressemblent un peu, Yôko !

N'importe quoi ! En même temps, je lui ai donné une tape dans le dos. Le transistor s'est agité et le son s'est perdu un instant. Si on regardait droit en direction du Grand Bouddha, le visage de la statue se découpait avec netteté, comme détaché du reste. C'était vrai, la fenêtre qui protégeait le visage était ouverte. Illuminé, le visage du Grand Bouddha surgissait solitaire dans le ciel nocturne, resplendissant dans le soir.

Le Grand Bouddha est plus beau qu'en plein jour, enfin, je ne sais pas très bien, mais j'ai cette impression, ai-je dit, et Kazufumi a hoché la tête.

Viens, on va prendre le temps de le regarder d'ici, et il s'est déplacé de façon à voir l'ensemble du visage. Si on s'approchait plus près, on ne voyait que le haut du visage, en reculant davantage, on voyait seulement les lèvres et le cou. Nous nous sommes placés au meilleur endroit et nous l'avons longuement regardé, sans bouger.

Tandis que je le contemplais, une légère tristesse m'a envahie. C'est toujours ce qui m'arrive quand je regarde des illuminations. Jetant un regard du côté de Kazufumi, je lui ai vu une expression curieusement grave. La radio diffusait toujours une vieille chanson pop américaine. Main dans la main, nous sommes restés les yeux levés vers le Grand Bouddha.

Les biches sentent mauvais, hein ? ai-je dit. Plutôt, ouais, et Kazufumi s'est mis à siffloter sur l'air que diffusait la radio.

Le lendemain aussi, la chaleur était étouffante, je marchais à côté de Kazufumi en n'arrêtant pas de me plaindre. Il a regardé avec sérieux Sangatsudô, les autels, le musée des trésors nationaux du Kôfukuji. Moi, je passais rapidement, ensuite, j'ai marché au gré de Kazufumi autour des petites chapelles, des pagodes, qui faisaient de l'ombre.

En fin d'après-midi, il s'est décidé à proposer de rentrer. Je croyais que tu voulais voyager à Nara au gré du vent ? ai-je dit. Il a gardé le silence, la tête baissée, puis il s'est passé la main dans les cheveux et s'est redressé, avant de dire : C'est que, figure-toi, le vent souffle en direction de Tôkyô !

J'avais envie de lui lancer à la figure qu'il se prenait pour l'acteur Kobayashi Akira, mais la chaleur m'a fait renoncer. En guise de souvenir, j'ai acheté des biscuits qu'on vend à l'intention des biches, et tout de suite, plusieurs bêtes ont accouru. J'ai pris peur et donné les biscuits à Kazufumi, qui les a lancés. Cerfs et biches se sont empressés de dévorer les miettes tombées sur le sol. Kazufumi a sorti du sac le transistor et l'a allumé d'un geste sec. Une voix qui parlait anglais à toute allure a retenti, les biches ont levé la tête. Leurs yeux d'un noir profond nous ont dévisagés un moment, puis, de nouveau, les museaux ont cherché les miettes tombées au sol. Kazufumi a passé un bras autour de mes épaules, et nous avons pris la rue en pente menant à la gare. Il fait chaud, lâche-moi ! En même temps, j'ai entouré de mon bras la taille de Kazufumi.

La boîte à musique

Mon travail avait pris fin plus tôt que prévu.

J'étais venue dans une petite ville du nord du Kantô où habitait le romancier dont la responsabilité des manuscrits m'incombait. Il était prévu que nous prendrions un verre ensemble une fois le travail terminé. Il écrivait des romans policiers pleins de rebondissements et je travaillais avec lui depuis le premier roman qui l'avait fait connaître. D'emblée, il était devenu un auteur à succès, mais comme il n'était pas prolifique, il était difficile d'obtenir son accord en vue d'un prochain roman, ce qui le rangeait parmi les trois écrivains avec qui il était le plus hasardeux de travailler. Je comptais passer la nuit dans un hôtel pas cher près de la gare si je devais manquer le dernier train, après une soirée à boire sans être obligée de regarder l'heure. Le matin même, très tôt, j'avais reçu un coup de fil m'annonçant que son chat était tombé malade.

Moi aussi, autrefois, j'ai eu un chat quand je vivais chez mes parents. Espérons qu'il se remettra vite.

Avez-vous besoin de vous documenter pour le roman à venir ? L'année prochaine, ce serait formidable que vous nous donniez un roman assez long, oui, une préface n'est pas indispensable… Je me suis dirigée vers le bistrot où nous avions rendez-vous plus tôt que prévu, en un peu moins d'une heure, la discussion était terminée, et j'ai suivi des yeux l'écrivain qui s'en allait d'un pas pressé. Moi qui avais passé plus de deux heures bringuebalée dans un train, cette mise au point avait passé trop vite, je restais sur ma faim. Je me suis acheminée vers la gare en me demandant si j'allais retourner au bureau. C'était une ville où il n'y avait rien.

« Je vous assure, il n'y a rien ici, absolument rien ! » Je me suis rappelé que le romancier m'avait dit ça tout à l'heure, d'un ton joyeux, sans que je comprenne pourquoi.

« Vous exagérez sûrement, ai-je dit, mais il a secoué la tête énergiquement.

— Non, il n'y a rien. Et le fait qu'il n'y ait rien, c'est justement ce qui me plaît. »

Ah bon, vraiment. Je me mettais au diapason. Moi qui suis née et ai grandi à Tôkyô, je ne voyais pas du tout les choses de cette façon, mais naturellement je n'ai fait aucun commentaire.

Devant le guichet des billets pour la ligne JR, il y avait un groupe d'étudiants. Je me suis demandé pourquoi tous portaient un tee-shirt noir sous une chemise blanche largement ouverte sur la poitrine. A Tôkyô, on ne voyait pas ça. Peut-être était-ce un style à la mode par ici. A force de les regarder, j'ai fini par trouver que ces jeunes gens avaient plutôt de l'allure.

Sans cesser de les regarder, je me suis souvenue de l'expression chargée de tendresse avec laquelle le romancier m'avait parlé de son chat. Sans pouvoir me l'expliquer, je l'ai envié. Est-ce l'animal que j'enviais d'être ainsi choyé, ou bien était-ce celui qui avait un objet à aimer ?

Comme j'aimerais tomber amoureuse ! Cette pensée a surgi tout d'un coup.

Il y avait longtemps que je vivais sans amour. Trois ans peut-être.

Dans une agence près de la gare, j'ai demandé qu'on me cherche un hôtel.

« Tous les hôtels du coin sont complets ce soir », m'a dit la fille de l'agence après avoir pianoté tant et plus sur son ordinateur. Elle parlait très vite. Voyant mon étonnement, elle s'est pincé les lèvres, comme si elle s'excusait. « C'est qu'aujourd'hui il y a un match de football. »

Je me souvenais vaguement que la ville s'enorgueillissait de son équipe qui lui avait apporté la victoire. Bon, tant pis, rentrons de ce pas à Tôkyô. C'est ce que je me suis dit d'abord, mais ma première idée qui était de dormir dans cette ville ne me laissait pas en paix. Je suis quelqu'un qui manque totalement de souplesse. C'est sans doute pour cette raison que je ne tombe pas facilement amoureuse.

Au moment où je m'apprêtais à partir, l'employée m'a retenue en disant : « Si ça ne vous ennuie pas de prendre le train, il y a une auberge ! » Elle parlait avec un léger accent, elle était sans doute du coin.

Le train ? La fille m'a montré la gare. Il y a une ligne qui part d'ici. Vous avez un train dans une vingtaine de minutes. L'auberge est au bord du lac, vous savez !

Séduite par le mot, j'ai décidé d'aller y passer la nuit. Le soleil était encore bien haut. Je suis revenue à la gare, j'ai pris un ticket. Il n'y avait pas de compostage automatique, c'est un employé qui a tamponné mon billet.

Sur le quai, le vent soufflait avec force. Je me suis assise à côté d'un étudiant qui mémorisait du vocabulaire anglais, la tête penchée sur son petit carnet, et j'ai attendu le train. Au bout d'un moment, un train de deux wagons s'est approché en soufflant.

On m'avait parlé d'une auberge, mais le bâtiment avait plutôt des airs de pensionnat. A côté de l'entrée, un panneau fléchait en gros l'emplacement des machines pour sécher le linge, les lavabos et le cabinet de toilette étaient distants de la chambre au moins de trente mètres.

« De six à sept heures, la salle de bains est réservée aux étudiants qui sont logés dans ce bâtiment-là, vous ne pourrez donc pas prendre de bain », m'a-t-on prévenue dès l'entrée. Voilà, je ne m'étais pas trompée, ce n'était pas une auberge.

Bien entendu, le dîner n'était pas servi dans la chambre, il fallait aller à la salle à manger, où tous les repas étaient préparés sur les tables. Il y avait un jeune couple, probablement des amoureux, un homme âgé seul, deux vieilles dames, trois personnes difficilement cernables, enfin deux hommes aux allures d'employés. Les grandes fenêtres qui donnaient sur le lac avaient leurs rideaux tirés et laissaient deviner le paysage dans le jour finissant.

Petite truite de saison. Blanc de poisson. Eperlan d'eau douce. Riz aux coquillages. Le dîner se composait essentiellement de produits de la région, mais l'assaisonnement était désagréablement aigre-doux. Une compilation musicale qui avait des tonalités de boîte à musique ne cessait d'emplir la salle, venant d'une radiocassette posée sur une étagère. D'abord *Hymne à l'amour*, suivi des *Amants blancs*, et pour terminer, *Hotel California*. La cassette ne contenait que ces trois morceaux, et quand la bande était finie, l'employée de l'auberge venait la rembobiner, et on remettait ça avec l'*Hymne à l'amour*.

Après le repas, j'ai acheté une canette de bière au distributeur qui se trouvait à l'extrémité du couloir. Il faisait sombre à présent. Le lac était une étendue d'un noir épais. Il n'y avait pas un seul réverbère le long du chemin qui bordait l'eau. J'ai fait quelques pas, mais bientôt je n'arrivais plus à distinguer mes pieds, cernés d'ombre.

J'ai marché légèrement en contrebas, avant de m'asseoir sur l'herbe. On entendait par moments un bruit d'ailes, les oiseaux frôlaient la surface du lac, mais impossible de les localiser. J'ai décapsulé ma bière et j'ai réfléchi à mon travail tout en la buvant à petites gorgées. Puis je me suis souvenue de Tatsurô que j'avais quitté trois ans plus tôt. Il y avait longtemps que ça ne m'était pas arrivé. Je l'aimais bien, mais nous ne nous entendions pas. Pourtant, cette histoire avait duré sept ans ! Etait-ce parce que je ne voulais pas me marier ? Non, non, nous ne nous étions pas séparés pour telle ou telle raison, c'était simplement que nous n'étions pas faits l'un pour l'autre. M'interroger ainsi sur notre séparation, cela aussi, il y avait longtemps que ça ne m'était pas arrivé.

Soudain l'eau a jailli. Sans doute un gros poisson. Mais il faisait trop sombre pour qu'on puisse distinguer quelque chose. J'ai repensé au romancier que j'avais vu dans la journée. Je me doutais qu'il savait pertinemment que son chat ne m'intéressait pas du tout. Que pouvais-je y faire ?

De nouveau, un poisson a bondi hors de l'eau. L'air de *Hotel California* qui emplissait la salle de restaurant s'attardait dans mon oreille, le son mélancolique de la boîte à musique retentissait au fond de mon oreille. La mélodie était en mineur, pourtant, en l'écoutant dans cet arrangement du genre boîte à musique, j'avais eu l'impression d'une tonalité vaporeuse, presque gaie.

J'ai eu envie de fredonner l'air sur le même ton. Ma voix se réverbérait faiblement à la surface de l'eau, mais contrairement à la clarté joyeuse qui résonnait à mon oreille, elle avait la mélancolie de la mélodie d'origine.

Je me suis retrouvée dans un état étrange, j'ai avalé d'un trait ma bière. J'ai perçu le battement des ailes des oiseaux. Il ne faut surtout pas pleurer dans ce genre de situation, me suis-je dit tout en serrant les lèvres avec force. Mais les larmes ont roulé sur mes joues sans me demander mon avis.

C'est cette espèce de boîte à musique, je n'y peux rien ! Et puis, vraiment, il n'y a strictement rien dans cette ville ! Je faisais exprès de parler fort, mais ma voix s'est perdue dans l'obscurité.

Mes larmes ont très vite cessé de couler. Tout en serrant dans ma main la canette de bière que j'avais aplatie, j'ai regagné l'hôtel.

Il avait dû pleuvoir violemment dans la nuit, car il y avait d'énormes flaques devant la fenêtre. Pendant le petit déjeuner, la même musique que la veille au dîner emplissait la salle, mais diffusée ainsi dans la lumière matinale, la mélodie sonnait creux.

Les clients attablés étaient en bien plus grand nombre que la veille. On voyait des gens avec le tee-shirt de l'équipe de football. Sans doute étaient-ils arrivés tard le soir après la fin du match.

J'ai demandé une facture à la réception et me suis fait appeler un taxi. Tout en songeant que je n'aurais sans doute jamais plus l'occasion de venir dans cet hôtel, j'ai regardé la patronne qui calculait ma note avec vivacité. Elle avait dû sentir mon regard, car elle a levé les yeux vers moi en souriant.

« Comme il fait beau ! » a-t-elle dit. « En effet, quel beau temps ! » De nouveau, la patronne a eu un sourire, vite effacé, car elle est retournée à ses calculs.

Le taxi a roulé jusqu'à la gare, sans chercher à éviter les flaques, qui éclaboussaient tout. Le train à deux voitures est arrivé tout de suite. Je suis descendue au terminus en même temps que la foule des élèves qui allaient en classe. Ils bavardaient bruyamment en franchissant le contrôle les uns après les autres. Décidément, j'ai bien envie d'avoir une histoire d'amour ! Tandis que cette idée un peu floue commençait à m'envahir, j'ai franchi le contrôle à mon tour.

C'est une ville où il n'y a rien. C'est ce qui me plaît. Je me suis rappelé la voix du romancier. J'ai acheté un billet pour Tôkyô et j'ai regardé le ciel. De fins nuages brillants en adoucissaient le bleu. J'ai tendu mon billet à l'employé et j'ai monté une à une les marches de l'escalier.

Bruissement des feuilles de bambou

Voilà bientôt un an que j'ai emménagé à Alpha Heights.

« Je ne sais pas pourquoi mais ce nom me paraît un peu bancal, non ? m'a fait remarquer Satchan, mais moi, le nom de l'immeuble me plaît plutôt.

— Comment fais-tu pour tes dépenses ? m'a-t-elle demandé.

— Je me débrouille, j'ai aussi mon petit job… »

Tout de suite après mon entrée à l'université, j'ai commencé à travailler dans un snack à côté de la gare qui s'appelle Lilas.

Elle s'est moquée de moi, elle trouvait que ce nom faisait désuet, était d'un autre âge.

La patronne du snack Lilas, c'est ma tante. Plutôt qu'un snack, c'est une petite cantine du genre comme à la maison. Ma tante, qui s'appelle Ryôko, se tient derrière le comptoir, toujours en kimono, sur lequel elle passe un grand tablier blanc, tenue qui se fait plutôt rare par les temps qui courent. Au mur, sur des petites bandes de papier est inscrit le menu, algues au vinaigre, ragoût de viande et pommes de terre, chinchard mariné, et ainsi de suite, bref, tout ce qu'on peut commander dans une cantine de ce genre et qui mérite bien son nom de *comme chez maman*.

La sœur cadette de ma tante, ma mère, est morte d'une congestion cérébrale quand j'étais encore au collège. Mon père, un séducteur pathologique, a profité de sa disparition pour faire venir au grand jour une femme après l'autre. Moi, je n'avais qu'une envie, c'était de me barrer de la maison. Sans rien demander à mon père.

« Je voudrais avoir une boutique à moi le plus vite possible, » ai-je dit à Satchan, qui a écarquillé les yeux. Elle n'en revenait pas. Puis elle a ajouté qu'elle ne pensait pas du tout à l'avenir. Elle ne s'en souciait pas le moins du monde.

Moi, depuis la mort de ma mère, je ne pensais qu'à l'avenir. Comment ne plus dépendre de mon père ? Comment trouver un logement ? Comment gagner de l'argent ? Comment devenir adulte ?

Dans ma représentation de l'avenir, il n'y avait aucune place pour les garçons. On ne pouvait pas compter sur les hommes. Le mariage, la famille, tout ça se brisait comme un rien. Ma façon d'envisager l'avenir était construite sur ce postulat. J'étais fermement décidée à me faire la main en travaillant au snack Lilas, je voulais maîtriser le registre culinaire du *comme chez maman*. Je ne savais pas si ce serait utile pour mon avenir, mais plus on a de savoir-faire et d'aptitudes, plus on met les chances de son côté. Aujourd'hui, je ferme à clé la mince porte de la chambre que je loue à Alpha Heights et je me dirige dans le crépuscule vers le snack Lilas.

Le snack Lilas se trouve dans une rue où s'alignent les petits bars de quartier. On l'a affublée du nom de « Cinquième Rue », si bien qu'il ne se passe pas une soirée de karaoké sans que soit chantée au moins une fois la chanson *A Marie de la Cinquième Rue*.

Les habitués, qui méritent vraiment ce nom, viennent tous les soirs. « Alors Yumachan, toujours aussi en forme ! » En même temps, ma tante place devant lui un petit bol d'amuse-gueule à côté d'une assiette de poisson grillé, et une fois qu'il a avalé deux flacons de saké tiède, il quitte les lieux sans demander son reste. Ce n'est pas pour rien que ma tante Ryôko se vante de ce que ses clients savent boire, c'est un fait qu'ils ne sont pas le moins du monde grossiers.

Une seule fois, quand elle était jeune, ma tante Ryôko s'est mariée, mais sous prétexte qu'elle n'avait pas eu d'enfant, elle a été répudiée au bout de trois ans. Elle a alors commencé à travailler dans le monde des bars et de la restauration, et il paraît même qu'elle s'était taillé un certain succès à Ginza.

« J'ai eu à un moment la passion de soutirer aux hommes tout l'argent que je pouvais, eh oui, ce n'est peut-être pas l'impression que je donne, mais c'est comme ça ! »

Je n'en revenais pas, se faire répudier sous prétexte qu'on ne peut pas avoir d'enfant ! « Tu sais, il n'y a pas si longtemps encore, la société japonaise était terriblement injuste à l'égard des femmes », a-t-elle commenté en riant.

Il n'y a pas de quoi rire, me suis-je dit. Décidément, c'est bien ce que je pensais, les hommes ne valent pas grand-chose. Sans parler de toutes les femmes qui acceptent le système, adhèrent à la logique masculine et se contentent de dormir sur leurs deux oreilles sans penser à rien ! « Allons, ne monte pas ainsi sur tes grands chevaux, a dit ma tante en riant de nouveau, tandis que je fulminais.

— Comment ça, monter sur mes grands chevaux ? Quelle image !

— Oui, en fait de chevaux, ça me fait plutôt penser aux décorations qui surmontent les toits du château de Nagoya. Tu sais, ces genres de dauphins à la queue dressée… C'est une expression qui veut dire se mettre sans cesse en colère. »

Monter sur ses grands chevaux ? S'il n'est pas possible de traverser l'existence sans monter sur ses grands chevaux, eh bien, oui, d'accord, je suis prête ! Va pour les grands chevaux ! En avant, au galop !

Ma tante a entrepris de mettre les plats à mijoter sur le feu. C'est l'heure d'ouvrir la cantine. Monsieur Miyamoto, un habitué, sans attendre que le rideau soit relevé, entre avec le sourire. Bonjour ! Bienvenue ! Ma tante et moi le saluons à l'unisson.

Dans le jardin de la maison voisine d'Alpha Heights il y a un petit bois de bambous. Quelque temps avant la fête de Tanabata, des banderoles de carton léger se sont retrouvées l'une après l'autre suspendues aux tiges qui s'inclinent du côté de la rue.

« Ce ne sont pas les voisins, non, ce sont les passants qui les accrochent là comme bon leur semble, je me demande pourquoi », ai-je dit. « Ah, oui la chose est bien connue dans le voisinage », a répondu ma tante. Monsieur Sakata et monsieur Takei qui occupent un coin du comptoir se mettent de la partie. « C'est vrai, tout le monde est au courant ! »

D'après monsieur Sakata qui tient un magasin de montres qu'il a hérité de son père, les bambous étaient là avant la construction de la maison voisine de mon immeuble. A l'origine, c'était une forêt de bambous qu'on avait plus ou moins détruite au moment de mettre le terrain en vente, mais pour la stabilité du terrain, on en avait laissé quelques-uns.

« Quel rapport y a-t-il entre une forêt de bambous et la stabilité d'un terrain ? ai-je demandé.

— Les jeunes filles de maintenant ne savent vraiment rien », a dit monsieur Takei. Il est à la retraite depuis plusieurs années, avant il travaillait dans une banque régionale, c'est une sorte de monstre.

« Vous voyez, les bambous sont profondément enracinés dans le sol, ils sont exceptionnellement résistants. C'est pourquoi ils stabilisent le terrain. Vous savez bien qu'on conseille de s'enfuir dans une forêt de bambous s'il y a un tremblement de terre, m'explique monsieur Sakata.

— Et alors, au moment de la fête de Tanabata, si on accroche à une tige de bambou un papier sur lequel on a écrit un souhait, on est certain que le souhait se réalisera, a ajouté ma tante Ryôko, tout en secouant dans une passoire la friture qu'elle venait de faire.

— Vous avez raison, c'est tout à fait ça. Moi par exemple, j'ai accroché autrefois un papier sur lequel je faisais le vœu que la petite Sayuri, mon premier amour, m'accorde un rendez-vous, a raconté Sakata en riant.

— Ça me rappelle que moi aussi, j'ai fait un vœu en cachette l'année des examens d'entrée, a continué Takei.

— Ah bon ? Alors, moi aussi, je crois que je vais accrocher une banderole sur laquelle j'aurais écrit un souhait. »

Sakai m'a regardée par en dessous en disant : « Le vœu de la petite Yuma, qu'est-ce que c'est ?

— C'est de ne pas gâcher ma vie en me laissant séduire par un mauvais garçon, ai-je répondu sans la moindre hésitation.

— Ça alors ! a dit Sakata.

— Vous m'en direz tant ! a dit Takei en plissant les paupières.

— Yumachan est encore naïve ! » a ajouté Sakata pour se moquer de moi, mais je l'ai ignoré avec superbe et j'ai commencé à faire la vaisselle.

La conversation a changé de sujet, et Sakata et Takei ont fini par partir. Pour faire la banderole de mon vœu, je n'aurai qu'à découper un bout de carton, me suis-je dit tout en plongeant dans l'eau la coupelle à saké et le flacon dont monsieur Sakata s'était servi.

Seulement, voilà. Tout de suite après, il se trouve que ce que je voulais éviter à tout prix a fini par arriver, je suis tombée dans les mailles d'un filet masculin.

J'avais sans doute eu tort d'accrocher à une tige de bambou une banderole où j'avais écrit : *Ne pas me faire avoir par un mauvais garçon.*

« Voyons, ça ne s'appelle pas se faire avoir, ça s'appelle rencontrer quelqu'un », a dit Satchan, mais moi, c'est exactement ce que je ne veux pas, avoir une relation avec un garçon.

Il suit le même cours que moi, il s'appelle Taneda. Il est grand et mince, il a les cheveux clairs (ce n'est pas qu'il les colore, c'est sa couleur naturelle), il dégage une impression de gentillesse, oui, il est sympa.

« Le problème, c'est que dans la réalité, les hommes gentils, ça n'existe pas », dis-je, ce qui fait soupirer Satchan. « Toi, Yuma, tu fais des fixations sur des détails. Ça va un moment, mais à la fin, c'est lassant. On n'a plus envie de rire ! »

Tout de suite, Taneda s'est mis à fréquenter le snack Lilas. J'avais eu beau lui dire de ne pas venir sur mon lieu de travail, il avait rétorqué que je ne lui donnais pas assez souvent rendez-vous, et en un clin d'œil, il est devenu un habitué du snack. Il s'est tout de suite entendu avec les habitués de longue date, Sakata et Takei ; même avec Miyamoto qui gardait ses distances, il en est venu à échanger des propos familiers.

« Si ça se trouve, avec quelqu'un comme Taneda, on peut peut-être envisager que ça finisse par un mariage, a dit ma tante Ryôko, ce qui m'a fait sortir de mes gonds.

— Moi, vivre avec un homme, très peu pour moi ! »

Ma tante a hoché la tête en s'esclaffant. « Tu l'as dit ! D'ailleurs, un homme qui accepte de faire sa vie avec toi, ça ne doit pas se trouver sous les sabots d'un cheval. Mais Taneda est large d'esprit, et il n'est pas impossible qu'il accepte Yuma telle qu'elle est, pour le meilleur et pour le pire. Avec un peu de chance, évidemment. »

Je suis montée sur mes grands chevaux (la gent chevaline, décidément !), je voulais savoir pourquoi le monde entier ne pensait qu'à marier les jeunes gens qu'ils avaient sous les yeux.

« Mais enfin, il n'y a rien de plus naturel dans le monde animal, a répondu ma tante avec calme. Même si toi, tu vis seule, si je ne me trompe pas. Il faut avoir de l'expérience comme moi pour être capable de renoncer à l'aspect animal de la chose, figure-toi », a répondu ma tante avec placidité.

Je voyais rouge, je suis allée mettre le rideau devant l'entrée en maugréant. Monsieur Miyamoto est entré juste au moment où j'ouvrais la porte. Bonsoir, ai-je dit d'une petite voix, et il a tiré vers lui une chaise du comptoir.

La fête de Tanabata était passée depuis longtemps, mais il y avait de plus en plus de banderoles accrochées aux bambous de la maison voisine.

« Apparemment les vœux sont valables dans l'ancien calendrier comme dans le nouveau », nous a appris Sakata.

Il y avait bientôt deux mois que j'étais tombée dans les filets de Taneda. Je l'aimais de plus en plus. J'étais vexée. Nous n'avions pas encore couché ensemble, mais c'était à deux doigts. Je me demandais comment je ferais si je voulais arrêter après avoir fait l'amour avec lui. J'ai demandé conseil à Satchan, qui s'est moquée de moi tant et plus. « Ecoute, ce n'est pas comme la drogue ! Vraiment, je ne te comprends pas, tu es une adulte ou une gamine ? »

J'avais à peine fermé la bouche que je me suis retrouvée, incroyable mais vrai, dans la situation que je voulais éviter à tout prix, j'ai fait l'amour avec lui, comme ça, toute honte bue. « Qu'est-ce que tu veux dire, toute honte bue, n'importe quoi ! » Taneda l'a pris comme une plaisanterie, il ne s'en est pas formalisé.

« Tu compteras toujours pour moi », a déclaré Taneda. J'ai murmuré une vague approbation. Mais intérieurement, je me répétais : « C'est ça, ouais, tu parles ! Depuis quand un garçon est capable de prendre vraiment soin d'une fille ? »

Et voilà, je n'ai que ce que je mérite ! A force de douter tout le temps de Taneda, il a fini par se détacher de moi, il m'a rendu la monnaie de ma pièce, en somme.

Après l'amour, c'était la troisième fois, j'ai eu le tort de murmurer, sans penser à mal : « Les hommes, au fond… » Je n'avais pas l'intention de parler tout fort. C'est parce que c'était si bien, je me sentais comblée, je n'aurais pas dû, c'est à cause de ça.

Plus que la première fois, mieux que la deuxième fois, la troisième fois avait été incomparablement jouissive. Taneda fait magnifiquement l'amour ! J'étais admirative, en même temps, je me sentais jalouse. Oui, s'il était doué, c'était à force d'avoir couché avec d'autres filles.

A partir de ce moment, il m'a évitée. Tu l'as bien cherché, Yuma, a dit ma tante. Je sais. Je reconnaissais humblement qu'elle avait raison. J'avais eu tort de ne pas croire en lui.

Dans l'espoir d'oublier Taneda, j'ai redoublé d'ardeur au travail, je m'activais fébrilement à la cantine. Le snack avait fait des bénéfices et ma tante Ryôko m'a donné une petite prime. Chaque soir, je regagnais ma chambre à Alpha Heights d'un pas décidé. Même quand la date de l'ancien calendrier a été passée et dépassée, les banderoles ont continué de se balancer aux bambous de la maison d'à côté.

Quand le vent d'automne s'est mis à souffler, le snack de ma tante est devenu de plus en plus prospère.

« Les poissons sabres, le riz aux champignons, les huîtres, le thon *buri*, tout devient meilleur à mesure que l'automne s'approfondit », énumérait ma tante Ryôko, comme si elle chantait, tout en servant les clients.

« Yumachan, on dirait que Taneda ne vient plus ? »

C'est monsieur Miyamoto qui a posé la question. Lui qui avait mis un certain temps à l'accepter, il continuait à se préoccuper de Taneda. Je me suis fait larguer. Après cette explication nette, Miyamoto n'a plus posé aucune question. « Assurément, les clients de Lilas savent se tenir, a murmuré ma tante tout en fermant la boutique. Tu sais, je suis persuadée qu'un garçon bien mieux que Taneda va faire son apparition ! »

J'ai murmuré une vague approbation. A la vérité, quand Taneda s'était détaché de moi, le choc n'avait pas été si violent. C'était seulement ces derniers temps que je commençais à regretter mon attitude. J'avais envie de le revoir. « Tu vois, je te l'avais bien dit. Mais c'est trop tard, maintenant. C'est malin, petite gourde ! »

Peu après la mi-septembre, les habitants de la maison voisine étaient tous partis, et les bambous avaient vu disparaître toutes leurs banderoles.

Taneda continuait à m'éviter. Je le voyais souvent en train de marcher avec une fille que je ne connaissais pas. L'autre jour, Satchan m'a proposé de participer à une soirée de célibataires. « Tu es devenue plus cool, je suis sûre qu'il se trouvera un garçon pour avoir envie de sortir avec toi. » C'est ainsi qu'elle voyait les choses.

Mais j'ai refusé. Le sentiment qu'on ne pouvait pas faire confiance aux hommes, ce sentiment que je gardais en moi depuis de longues années, ne pouvait pas s'effacer. Je voulais seulement m'excuser auprès de Taneda.

Je te demande pardon. Pardon de t'avoir rangé grossièrement dans la catégorie des hommes, sans bien savoir ce que c'était. Toi, tu étais Taneda. Je ne pouvais peut-être pas avoir confiance dans les hommes, mais toi, j'aurais pu, oui, je pense. Voilà ce que j'aurais voulu lui dire.

En fin de compte, je n'ai jamais eu l'occasion de parler à Taneda, jusqu'à la fin de l'université. En travaillant pendant quatre ans au snack Lilas, j'avais mis de côté deux millions de yens. Le jour où j'ai été engagée dans une petite entreprise commerciale, Miyamoto, Sakata et Takei m'ont offert dix mille yens de bons d'achat pour des livres.

Je continue à ne pas me fier aux hommes. Après Taneda, j'ai fréquenté deux garçons, mais avec l'un comme avec l'autre, la relation n'a pas duré un an. Pourtant, je n'avais rien de spécial à leur reprocher.

« La question n'est pas de savoir s'il existe un homme en qui on peut avoir confiance, mais si la femme est prête, oui ou non, à accorder sa confiance », affirme ma tante Ryôko.

C'est possible après tout, elle a peut-être raison. Je me répète à mi-voix les paroles de ma tante, tout en marchant en direction d'Alpha Heights déjà dans l'obscurité. Une banderole se balance à l'extrémité d'une tige de bambou. La brise l'agite doucement. Je la soulève pour voir ce qui est écrit, et je lis : *Pour que l'humanité vive dans la paix.*

Je ris, tout en montant d'un pas ferme l'escalier d'Alpha Heights.

Le bouquet

Tiens ! Au milieu de la feuille était dessiné au crayon quelque chose de couleur marron.

« C'est pour moi ? » ai-je demandé à Nao, qui a hoché la tête.

La feuille qu'il serrait fort dans la paume de sa main était légèrement humide et collante à l'endroit où les petits doigts avaient imprimé leur marque. J'ai déplié la feuille, et j'ai vu que le tracé marron avait l'air d'un animal à quatre pattes.

« C'est un chien ? » ai-je demandé. Nao a secoué la tête.

Un chat ?

Un lion ?

Sans mot dire, Nao a continué de secouer la tête.

« Je donne ma langue au chat ! » Nao semblait au bord des larmes.

« C'est un bœuf ! » a-t-il fini par dire. Sans un mot de plus, il a disparu dans la cuisine. Les enfants, ce n'est pas mon truc, ai-je pensé, tout en dépliant une fois encore le dessin que Nao m'avait donné. Non, vraiment, avec la meilleure volonté du monde, ça ne ressemblait en rien à un bœuf !

Nao est le fils de ma sœur. Elle est en voyage avec mon beau-frère. Il a eu une aventure, ma sœur s'est mise dans une colère noire, et elle est partie en emmenant Nao avec elle. Paniqué, il est venu chez nous pour la ramener. Le résultat, c'est qu'ils sont partis en voyage hier tous les deux. D'après mon beau-frère, il s'agit d'un voyage de réconciliation, dans l'esprit de ma sœur, c'est leur dernier voyage avant le divorce.

Nao est un enfant qui ne parle pas beaucoup. Il n'est pas du genre à courir partout, à tout casser, à persécuter les chats, ou autre chose de ce genre. Il a toujours les yeux humides. Quand je le prends par la main, sa menotte est douce et tiède. Son souffle a une odeur sucrée.

Une nouvelle fois, j'ai regardé le dessin du bœuf. De couleur marron, les contours flous, et à la place des cornes, on voit un vague soleil.

J'ai poussé un soupir.

Mais ce n'est pas à cause de Nao que j'ai soupiré.

J'aime quelqu'un. Tachiwara, étudiant lui aussi, plus âgé que moi. Il est en troisième année et fait partie du club de randonnée. Les bonnets en tricot lui vont à merveille, il n'est pas très grand, et quand il sourit, on est pris d'attendrissement, comme devant un être cher.

« Un club de randonnée ? Qu'est-ce que c'est que ça ? s'est moquée ma sœur.

— Eh bien, on fait l'ascension d'une montagne, on

pique-nique et on rentre. » Elle s'est moquée de plus belle.

J'aime la silhouette de Tachiwara quand il marche. Ainsi que son allure tranquille quand il fume une cigarette après être arrivé à destination.

Il donne toujours l'impression de prendre son temps, où qu'il se trouve. Qu'il grimpe une côte où on s'essouffle, qu'il bavarde avec nous dans la salle du club, ou qu'il fasse un exposé dans le cadre du séminaire (une fois, je l'ai regardé en douce par la fenêtre de la salle), il ne se donne pas de contenance, ne jette pas des regards partout, il reste comme il est et donne l'impression de se contenter d'être là, sans ostentation.

Une fois, une seule, je suis allée dans sa chambre. J'avais un peu bu à une soirée et, sans intention précise, j'étais partie avec lui. Il m'a fait du thé.

« Quand tu seras dégrisée, je te raccompagnerai », a-t-il dit avec nonchalance.

Je me suis sentie toute triste. Car déjà à ce moment-là, j'étais amoureuse de lui.

J'ai bien essayé de mettre ma tête sur son épaule, de me coller contre lui (je n'avais pas bu au point de sombrer dans l'inconscience), mais il s'est contenté de me prêter son épaule. Il ne m'a pas embrassée, ne m'a pas caressé les cheveux.

Tachiwara a quelqu'un. Une fille qu'il fréquente depuis le collège. Elle a suivi un cycle court à la fac, et il paraît qu'elle travaille déjà. L'autre jour, il avait un portefeuille en cuir marron qu'elle lui avait offert pour son anniversaire.

« Moi, ce genre d'objets, j'oublie tout le temps où je les mets, a-t-il dit en fourrant dans la poche de sa veste la monnaie qu'on lui rendait dans le café où nous étions allés tous ensemble.

— C'est triste pour ce portefeuille qu'on t'a offert, ai-je dit.

— Tu crois ? » Et il a mis les pièces dans le portefeuille en cuir.

Moi, ne sachant quelle contenance prendre, j'ai eu un sourire ambigu. Comme entraîné, il a souri à son tour.

J'ai eu un pincement de cœur. Comme des fruits qu'on presse dans un mixeur, j'avais l'impression que mon cœur se broyait.

Ma sœur est rentrée de voyage.

« Alors, j'espère que vous êtes réconciliés, pas vrai ? » a demandé ma mère, mais ma sœur n'a rien répondu. Elle qui avant le voyage avec mon beau-frère disait tout ce qu'elle avait sur le cœur à n'importe quel membre de la famille prêt à l'écouter, depuis qu'elle est rentrée, elle ne prononce plus un mot, et mon père, ma mère et moi, nous passons nos journées à éviter de crever l'abcès.

Nao était tout le temps dans les jupes de sa mère.

« Sois gentil, dessine-moi un cheval. » Je tentais de le distraire, mais il se cachait derrière sa mère et disait d'une petite voix : « C'est pas un cheval, c'est un bœuf, na ! » La petite voix franchissait les cuisses maternelles.

Ces derniers temps, Tachiwara ne se montre pas au club. En troisième année, il faut dire, il doit être très occupé en ce moment, il cherche du travail ? ai-je demandé à Minami, qui est dans la même classe que Tachiwara. Celui-ci m'a répondu d'un ton plein d'envie :

« Il est à Hakuba, figure-toi.

— Hakuba, c'est une véritable ascension, alors ! » ai-je dit.

Minami a répondu d'un ton encore plus envieux :

« Il ne s'agit pas d'alpinisme, il fait un voyage avec sa copine. »

L'espace d'un instant, j'ai eu un pressentiment. Mais comme elle travaille dans une entreprise, elle ne doit pas pouvoir prendre de congé si facilement que ça, me suis-je forcée à penser, ce qui m'a permis de surmonter ma jalousie.

« Ils s'entendent bien, on dirait ? » Minami a hoché la tête. « Il faut dire que Tachiwara est un chic type. Les chics types se retrouvent avec des filles bien !

— Est-ce que tu la connais ? ai-je demandé.

— On ne peut pas dire que c'est une beauté, mais elle est très sympa. Elle est adulte aussi. Ah, et puis, elle a une grosse poitrine. »

A peine avais-je entendu les paroles de Minami que je me suis mise à en vouloir à toutes les femmes qui avaient une grosse poitrine. Et à toutes celles qui n'étaient pas des beautés, mais qui étaient sympas.

« Il paraît qu'ils se fréquentent depuis longtemps ? ai-je demandé, l'air de rien.

— Quand Tachiwara aura trouvé du travail, ils doivent se marier, a répondu Minami. Dis, tu ne voudrais pas qu'on aille au cinéma un de ces jours ? »

a-t-il continué d'un ton léger. Sa voix semblait venir de très loin. J'avais l'impression que quelque part dans mon corps, un trou s'était formé, dont le sang s'écoulait sans s'arrêter.

Heureusement que je ne connais pas la fille que Tachiwara aime, me suis-je dit. Parce que si je la connaissais, je la haïrais sûrement.

« Oui, si tu veux », ai-je répondu à Minami d'un ton léger. Il m'a semblé que ma propre voix résonnait comme un lointain écho.

« Ça alors, tu ne peux pas savoir comme ça me fait plaisir ! » a dit Minami. J'étais absente, pourtant je me suis vue dessiner dans l'air avec deux doigts le V de la victoire. Le sang continuait de s'écouler.

« Tu te souviens comment vous êtes tombés amoureux ? » ai-je demandé à ma sœur.

Elle s'est contentée d'ouvrir tout grand la bouche, comme si je lui posais une question qui n'avait pas de sens.

« Vous étiez très amoureux ?

— Tu cherches à me rappeler le passé pour m'inciter à renouer, c'est ça ? a-t-elle dit d'une voix incertaine.

— Pas du tout. C'est seulement pour savoir. »

Nao a grimpé sur les genoux de ma sœur. Celle-ci gardait les yeux fixés sur moi. Il s'est assis et a entrepris de dessiner sur les feuilles de papier qui se trouvaient sur la table, à l'aide d'un crayon jaune.

« Si tu veux savoir, on était follement amoureux ! » a-t-elle déclaré d'un air de défi. Nao a levé le menton vers sa mère.

Sans regarder ma sœur, j'ai dit à mi-voix, comme si je me parlais à moi-même : « Qu'est-ce qu'on peut faire pour se faire aimer de la personne qu'on aime ? »

Nao s'est emparé d'un crayon rouge.

« C'est une question de chance, a fini par répondre ma sœur, après un long moment de réflexion.

— Une question de chance ? »

Nous avons gardé le silence un certain temps. Nao a pris un crayon orange et s'est mis à colorier la feuille avec énergie.

« Tu vois, je crois que c'est une histoire de destin, d'être aimé ou non, c'est pareil pour continuer à aimer ou à être aimé... a dit ma sœur comme si elle cherchait ses mots.

— Tu crois ? » Elle m'a regardée d'un air distrait. Je lui ai rendu son regard.

« J'ai fini mon dessin ! » a dit Nao. Ma sœur n'a rien dit. Moi, j'ai demandé ce que c'était. « Devine ! » a dit Nao.

Le dessin respirait la gaieté. Quant à savoir ce qu'il représentait, je n'en avais pas la moindre idée. La lune et les étoiles ? Un festin ? Un jardin d'acclimatation ? Nao avec papa et maman ?

Nao secouait la tête. Il a fini par dire :

« C'est des fleurs. »

Maintenant qu'il l'avait dit, en effet, on voyait des fleurs. C'était un joli bouquet de fleurs rouges, jaunes, orangées, il y avait aussi des fleurs violettes.

« Je te le donne, a dit Nao en me tendant son dessin.

— Merci, c'est gentil. » Je l'ai remercié le plus sérieusement du monde. Le papier était légèrement humide. Les petits doigts de l'enfant qui avaient tenu la feuille, sans oublier un peu de salive qui avait dû couler.

« Merci », a dit ma sœur à son tour.

Les yeux ronds, Nao a dit: « Mais c'est pas pour maman.

— Ça ne fait rien, c'est comme si tu me l'avais donné. » Et elle l'a entouré de ses bras.

Nao s'est laissé faire docilement. Puis il a glissé des genoux de ma sœur et s'est assis par terre.

Avant-hier, mon beau-frère est venu, il s'est incliné devant mes parents pour s'excuser, et il est reparti en emmenant ma sœur et Nao. Ma sœur avait gardé son air absent.

Au moment de dire au revoir, j'ai dit à Nao: « Tu me feras d'autres dessins, hein? » Il a réfléchi un moment avant de répondre: « Tu verras, la prochaine fois, mon bœuf sera mieux. »

Même après le départ de ma sœur, ma mère continue à dire de temps en temps d'un ton soucieux:

« Je me demande si ta sœur s'en sort bien…

— D'après ce qu'elle m'a dit, ce serait une question de chance, le destin, quoi ! »

Ma mère a sursauté.

J'ai pu bavarder et rire normalement avec Tachiwara après son retour de voyage. Le dessin du bouquet de fleurs que m'a donné Nao, je l'ai mis dans un cadre marron que j'ai accroché au mur. Quand j'ai un serrement de cœur en pensant à Tachiwara, je garde les yeux fixés sur les fleurs.

Le jaune, le rouge, l'orange, le violet, les couleurs se mélangent dans une sorte d'intimité et donnent l'impression d'un bavardage familier. Mon amour pour Tachiwara ne s'est pas envolé. Il garde la même place dans mon cœur, une grande place.

La chance n'était pas avec nous, je n'y peux rien. Voilà ce que je me dis. Et je fixe à nouveau le dessin de Nao.

A l'intérieur du cadre, les fleurs chantent le printemps. J'ai joint les mains d'un geste léger, en souhaitant que la chance ou le destin accompagnent ma sœur et mon beau-frère. Vraiment, les fleurs sont jolies, tu sais, dis-je en m'adressant à Nao. Et j'imagine la réponse de l'enfant. Qui disparaît bientôt. L'odeur aigre-douce de l'haleine enfantine a rempli un instant la pièce, avant de s'évaporer bien vite.

Clématite, clématide

Lorsque je me suis réveillée ce matin, j'avais le visage boursouflé.

La veille, j'avais pleuré tant et plus.

Mon chagrin d'amour remontait, pour dire les choses exactement, à mercredi, trois jours plus tôt, mais je m'étais retenue de pleurer. Vendredi soir, j'avais décidé de pleurer tout mon saoul. Si bien que j'avais versé un torrent de larmes bruyantes.

Je m'étais dit qu'après avoir dormi toute la nuit, mon chagrin disparaîtrait, mais il n'en a pas été ainsi. Quand je me suis regardée dans la glace de la salle de bains, mes paupières n'étaient pas si gonflées que je le croyais. C'est le visage tout entier qui avait gonflé, j'ai poussé une exclamation en face de cette étrange figure, si bien que ma tristesse a redoublé.

Le samedi, je sortais toujours avec Nanoe. On allait au cinéma, on flânait dans les rues, il nous arrivait parfois de prendre le train pour aller à la mer. Après le dîner, on allait chez moi. Il habitait en effet chez ses parents.

Dans la matinée de samedi, en prévision du fait que Nanoe passerait la nuit chez moi, je faisais toujours le ménage. Je changeais les draps, je nettoyais la salle de bains et les toilettes, je passais le chiffon par terre, je récurais l'évier de la cuisine. A partir d'aujourd'hui, Naoe ne viendrait plus. J'ai d'abord renoncé à faire le ménage, mais l'idée d'abandonner une habitude sous prétexte que j'avais un chagrin d'amour ne me semblait pas convaincante, et j'ai changé les draps avec énergie.

Une fois l'évier nettoyé, j'ai parcouru la pièce du regard, elle m'a paru plus petite qu'avant que le ménage n'ait été méticuleusement fait. Les vêtements, les magazines, les CD, tout était bien rangé, le parquet qui gardait une fine pellicule de poussière brillait doucement, la pendule et le porte-photos étaient à présent bien droits, normalement la pièce aurait dû me sembler plus grande, et pourtant…

J'ai laissé échapper un soupir. Je me suis ressaisie et j'ai commencé à jeter les affaires de Nanoe. Une brosse à dents, un slip et un tee-shirt. Rien d'autre. Je me suis dit que c'était quelqu'un qui ne possédait pas grand-chose. Quand je l'attendais à la sortie du travail, il n'avait rien à la main, la plupart du temps. J'avais beau l'inciter à acheter un pyjama, il refusait en riant, il disait que même en hiver, il se contentait d'un tee-shirt et d'un slip pour dormir.

La brosse à dents était très usagée, les poils tout hérissés, comme des cheveux séparés par une raie au milieu. J'avais un moment pensé lui en acheter une neuve, mais je ne l'avais pas fait. Je me suis dit que j'avais eu raison. Et la tristesse m'a envahie de nouveau.

Je trouvais ça nul de rester toute seule dans ma chambre aux prises avec mon chagrin, si bien que j'ai décidé de déjeuner dehors.

Il faisait beau. Je me suis rappelé combien brillait la mer lorsque nous y étions allés ensemble, la tristesse est revenue et j'ai pris sur moi pour y échapper en marchant à grandes enjambées.

Quand j'allais retrouver Nanoe, je marchais toujours d'un pas pressé. Le temps que je mettais pour décider comment j'allais m'habiller n'était pas étranger à ce retard, si bien que je partais à la dernière minute, mais la vérité c'est que je mourais d'impatience de le retrouver.

Il y avait longtemps que cela ne m'était pas arrivé de flâner dans le quartier. Il y avait un jardin rempli de roses. A côté des roses blanches, il y en avait des jaunes, d'autres rose pâle occupaient la rangée derrière, suivaient des roses rouge foncé comme du velours. A côté de la grille de l'entrée, des roses trémières rejoignaient leurs tresses couleur d'ivoire.

Après les avoir admirées un moment, j'ai continué à marcher, pour découvrir cette fois un jardin où fleurissaient de grandes fleurs d'un blanc immaculé dont j'ignorais le nom. Cinq ou six de ces fleurs de la taille d'une assiette plate étaient épanouies avec un bel ensemble.

J'étais comme étourdie. Ma tête bourdonnait. Je m'efforçais trop de ne pas penser à Nanoe. La blancheur des pétales m'éblouissait, j'ai plissé les yeux. Allais-je passer toute ma vie de chagrin d'amour en chagrin d'amour ? Les tempes bourdonnantes, cette idée ne me quittait pas. Mon allure ralentissait. Je me suis arrêtée. J'avais envie de pleurer.

Mais je n'ai pas pleuré. Au lieu de ça, j'ai poussé un cri qui ressemblait à un aboiement.

Alors que je croyais qu'il n'y avait personne, j'ai été tout étonnée en jetant un œil par-dessus la haie.

« J'ai cru que c'était un loup, vous savez, m'a dit une vieille dame distinguée qui portait un chapeau de paille.

— Un loup ?

— Mais oui, un loup ! Autrefois, j'en ai vu un à Paris, il y a bien longtemps, au Jardin d'acclimatation. » Elle parlait doucement, les lèvres retroussées dans un sourire. « J'étais à mille lieues de penser qu'un jour, j'aurais l'occasion d'entendre le cri d'un loup au Japon ! »

Dans ma confusion j'ai baissé la tête, en expliquant d'une voix presque inaudible que je venais de faire une expérience désagréable.

La vieille dame s'est redressée. Elle était grande.

« Quel est le nom de cette fleur ? ai-je demandé pour dissimuler ma gêne.

— Ce sont des clématites, ou encore clématides », a répondu la dame sans l'ombre d'une hésitation.

Moi, tout en sachant que je disais une ineptie, je n'ai pas pu m'empêcher de dire : « Elles sont vraiment très blanches.

— Il y en a aussi qui sont violettes.

— Celles de votre jardin sont blanches.

— J'en avais semé aussi des violettes, mais elles ont toutes disparu. »

Le visage de la dame était parsemé de taches de rousseur. J'ai pensé qu'elle était jolie. Je me suis dit aussi qu'elle n'avait pas dû avoir de chagrin d'amour depuis au moins cinquante ans. Je l'ai enviée.

Brusquement, je me suis sentie de nouveau gênée, je l'ai saluée d'un signe de tête, et je me suis précipitée en direction de la gare.

J'avais l'intention d'acheter un vêtement dans un épais tissu chiné, du genre que Nanoe n'aimait pas beaucoup, ou encore des chaussures bien massives, avec d'épais talons, et j'ai fait plusieurs boutiques, mais le cœur n'y était pas. Je suis revenue dans le bâtiment de la gare, et au rayon alimentation, j'ai acheté des haricots bouillis et du miso. D'une part j'avais envie de manger quelque chose de doux, d'autre part, je n'avais presque plus de miso. J'ai bien pensé acheter un gâteau, mais cela me rappelait trop de choses, je craignais de m'attendrir.

Portant à bout de bras mes achats, je suis remontée à l'étage, où j'ai traîné sans but, sans rien trouver qui me fasse envie, ni vêtement, ni chaussures, ni sac.

La fatigue est brusquement tombée sur moi, je me suis assise sur un banc près de l'escalier roulant. Une femme mangeait une glace avec son enfant. Je me demandais où elle avait bien pu acheter ce cornet comme on les faisait autrefois, d'où dépassait la glace servie généreusement. En regardant autour de moi, j'ai découvert le stand dans un renfoncement. La mère et l'enfant léchaient la glace à tour de rôle. Comme des amoureux. Pas une seule fois, Nanoe et moi n'avions léché un cornet de glace à tour de rôle, jamais nous n'avions été serrés ainsi l'un contre l'autre. D'ailleurs, Nanoe était d'un genre bien trop réservé.

Notre relation avait duré un an et demi, ai-je calculé. Ce n'est pas que je suis fatigué de toi, non, simplement, eh bien, disons que je ne ressens plus la passion du début, voilà. C'est ainsi que Nanoe m'avait expliqué la raison pour laquelle il me quittait.

Mais dès le début, je n'ai jamais eu l'impression qu'il y avait de la passion !

Cette phrase que je n'avais pas pu lui dire, je la lui ai lancée intérieurement, comme je lui aurais craché au visage. Je sentais la colère monter. Comme l'enfant avait un geste de recul, je me suis aperçue que je fixais d'un œil mauvais la femme et l'enfant, sans le vouloir. Je me suis levée précipitamment. A l'instant où je me suis mise debout, l'odeur des haricots est montée du sac. J'ai étouffé ma colère, en même temps, je me suis sentie misérable.

L'enfant continuait à m'observer d'un air apeuré. Sans la moindre énergie pour lui lancer à nouveau un regard noir, je me suis hâtée en direction du contrôle des billets.

Tout le monde a l'impression que les autres lui sont supérieurs, ai-je appris en cours de japonais, c'est un poème qui dit ça. Mais si je ne me trompe pas, dans ce poème, le poète rentre chez lui et passe un bon moment avec sa femme, et ainsi de suite, je ne sais plus quoi.

Celui qui a quelqu'un qui l'aime a bien de la chance !

Je me prends à murmurer ces mots au milieu du roulement du train. J'étais triste qu'il m'ait quitté parce que la passion s'était éteinte, il y avait eu un refroidissement, c'était plus triste que s'il était tombé amoureux d'une autre fille, ou si nous avions fini par nous détester. J'étais seule au monde. Certes, j'avais mes parents, mon frère, des amis, ma grand-mère, le chien de mes parents, je ne pouvais pas le nier, mais j'étais seule quand même.

Si au moins, je pouvais en vouloir à quelqu'un !

Mais je n'en voulais à personne, pas même à Nanoe !

J'étais triste de ne pas avoir une sensibilité intense, de ne pas ressentir une raison profonde d'exister. J'étais la fille la plus nulle du monde. En tout cas, à ce moment précis.

Je savais bien que ce n'était pas vrai. Mais pour l'instant, tant qu'à faire, je préférais qu'il en soit ainsi. Je n'avais aucune consistance. Je n'avais rien, je n'étais rien.

J'ai pleuré un peu. Les larmes ne venaient pas, je ne faisais que renifler.

Quand je suis descendue du train, il faisait déjà sombre.

J'ai marché au hasard. Je me suis aperçue que je n'avais rien mangé depuis le matin. Mais je ne ressentais aucune faim. Parmi les fleurs que j'avais vues dans la journée, il y en avait qui s'étaient refermées, d'autres continuaient à déployer leur corolle malgré l'obscurité.

Les clématites étaient ouvertes. Se détachant sur l'ombre, elles montraient le chemin.

Je suis restée à les regarder.

Elles étaient vraiment belles.

Je suis restée ainsi pendant un moment. Une silhouette se déplaçait derrière la vitre, c'était sans doute la vieille dame. Elle allait et venait d'une pièce à l'autre, ses mouvements étaient amples. Vivait-elle seule ?

Il n'y avait rien à retoucher, dans aucune de ces fleurs.

L'esprit occupé par cette pensée, je suis restée à regarder les fleurs.

Vraiment, elles étaient belles.

Elles se gonflaient dans la nuit, puis elles se recroquevillaient, avant de s'épanouir à nouveau.

La silhouette de la vieille dame continuait à bouger lentement. Il y a bien longtemps, au Jardin d'acclimatation à Paris, j'ai vu un loup, vous savez ! Les mots que m'avait dits la vieille dame aujourd'hui ont retenti à mon oreille. Elle était beaucoup plus jeune alors, peut-être avait-elle fait l'expérience d'un ou deux chagrins d'amour. Cela ne m'apportait pas la moindre consolation, naturellement.

Les fleurs sont belles.

Intérieurement, j'ai dit et redit les mêmes mots.

J'ai réussi à soulever mes pieds qui étaient comme collés au sol, et j'ai pris le chemin de la maison. Clematis, clématide, clematis... Tout en marchant, je fredonnais les mots, comme une incantation. Non seulement moi, mais personne au monde n'était comparable à ces fleurs blanches. J'avais beau fredonner sans arrêt cette idée qui envahissait ma tête, cela ne m'était d'aucun secours.

Avant de m'endormir, j'ai établi une comparaison entre mon moi de la veille au soir et mon moi présent. J'ai tenté de mesurer la différence, avec l'impression de me trouver dans un coin élevé du ciel.

Je me suis sentie plus légère, oh ! à un degré infime, aussi minuscule que la lunule de l'ongle de mon petit doigt. Comme je repousse profondément la peau autour des ongles, la partie blanche est presque invisible, mais bon...

Les yeux fermés, j'ai évoqué les clématites. J'ai vu dans un halo cinq ou six fleurs, dont la blancheur tremblait presque imperceptiblement.

J'ai prononcé les mots *bonne nuit*, et j'ai remonté ma couette jusqu'au menton. Puis j'ai pensé aux haricots bouillis et à la pâte de miso que j'avais oublié de mettre au frigidaire. Tant pis, c'était sans importance, mais je n'ai pas pu m'empêcher de me lever pour aller dans la cuisine et fourrer tel quel le sac dans le frigidaire.

Quand je me suis recouchée, je me suis sentie plus légère, un petit plus que la lunule de mon petit doigt.

J'ai murmuré de nouveau *bonne nuit*, avec moins de négligence. J'ai fermé les yeux, mais j'avais du mal à m'endormir. Les fleurs blanches ne cessaient pas leur valse floue derrière mes paupières closes.

Les pinces

Le parc était entouré de pruniers et de cerisiers, il y avait aussi des cornouillers. En février, les fleurs de pruniers s'ouvraient, entre le mois de mars et le mois d'avril, c'étaient les cerisiers, aujourd'hui, les cornouillers étaient en pleine floraison.

Quand nous avions un moment de liberté, Ryôsuke et moi allions dans ce jardin.

On y avait planté alternativement des arbres à fleurs blanches et à fleurs roses. On en voyait aussi certains qui ne portaient pas de fleurs. Monsieur Kurahashi m'avait expliqué un jour qu'ils étaient atteints d'une maladie dont j'ai oublié le nom.

Monsieur Kurahashi vient dans le parc ramasser tout ce qui traîne. Ordures, détritus, papiers.

Il est toujours muni d'un sac translucide, autorisé par la ville de Tôkyô, et sa main droite tient une grosse paire de pinces rouillées. Quand il découvre quelque chose, il s'en empare adroitement à l'aide de ses pinces et le fourre dans le sac en plastique.

« Ça, tu vois, c'est des *yattoko*, a dit monsieur Kurahashi quand il a senti mon regard.

— Des quoi ? »

Il avait utilisé un mot que je n'avais jamais entendu. En même temps, il brandissait l'outil.

« Ah, vous voulez dire, des pinces !

— Comment ça, des princes ? » Il secouait la tête sans comprendre.

Monsieur Kurahashi est un peu dur d'oreille.

Pour la première fois, monsieur Kurahashi m'a sermonnée.

Ce jour-là, je m'étais disputée avec Ryôsuke. L'utilisation de la louche était à l'origine de notre dispute.

« Ne laisse pas la louche dans la marmite ! »

C'était le matin, il était en train de préparer une soupe au chou. Quand on utilise une louche, on la pose sur une petite assiette, mais pas le manche, bien sûr. C'est ce que ma mère m'a appris.

Ryôsuke laissait toujours tremper la louche dans la soupière.

En réalité, je sais pertinemment que la façon de faire de Ryôsuke n'a rien qui doive me contrarier. Mais je ne l'admets pas, c'est tout. J'ai des vues étroites.

J'ai donc gâché cette matinée de samedi, nous avons ergoté tous les deux, la dispute s'est envenimée, et j'ai claqué la porte de l'appartement en fulminant de colère.

C'est toujours moi qui claque la porte, c'est toujours Ryôsuke qui vient me chercher.

J'ai couru jusqu'au parc. Au bout d'un moment, Ryôsuke m'a rejointe. Il s'est assis doucement sur le même banc que moi.

« Qu'est-ce que tu veux ? ai-je dit avec froideur.

— Ne te fâche pas », a-t-il dit d'une voix posée. Il est bien plus adulte que moi. C'est pour cela qu'il vient me rejoindre. En aucun cas, il ne sortirait de la maison en claquant la porte.

« Si, justement, je me fâche ! » Mon ton était encore plus froid que tout à l'heure.

Une fois que j'ai vu rouge, je ne décolère pas facilement. C'est la raison pour laquelle tous les amoureux que j'ai eus jusqu'à présent m'ont quittée.

Monsieur Kurahashi m'a sermonnée juste après.

« Une fille… » a commencé monsieur Kurahashi.

Je n'ai pas compris tout de suite qu'il s'adressait à moi.

« Je dis toujours, les filles, jamais les femmes », a-t-il continué. Il n'y avait personne autour de nous, il n'y avait que Ryôsuke et moi.

Où veut-il en venir, ce type ? En même temps, je l'ai dévisagé. Sourcils peu fournis. Petits yeux. Teint hâlé. Le jogging qu'il portait était impeccable. On se disait qu'il devait faire peur quand il se mettait en colère, mais il n'avait pas l'air vindicatif.

« Une fille ne doit pas faire pression sur un garçon », a dit Kurahashi d'un ton sentencieux.

Il s'adressait à moi, c'était évident. Il n'y avait

personne d'autre que nous, et je ne me gênais pas pour me montrer agressive à l'égard de Ryôsuke.

« Mêlez-vous de ce qui vous regarde ! » ai-je répliqué.

Manifestement, Ryôsuke appréhendait la suite.

Kurahashi a fixé les yeux sur moi. Puis il a dévisagé Ryôsuke. J'ai dit qu'il avait de petits yeux, mais ils étaient à présent tout ronds. J'étais quelque peu surprise de constater qu'ils étaient très foncés et plutôt charmants.

« Les hommes sont faibles. Toujours dans la crainte du qu'en-dira-t-on, guettés par la retraite à soixante-cinq ans, tournés en ridicule par leurs enfants devenus adultes. Si en plus, il leur faut vivre sous la menace des femmes, il ne leur reste plus qu'à mourir ! »

Kurahashi avait parlé avec précipitation. Il avait un léger accent. Quand il s'est tu, il s'est accroupi lentement, a ramassé des mégots qu'on avait jetés sous le banc et les a mis dans un sac.

Moi, sans réagir, j'ai regardé longuement la silhouette de Kurahashi qui s'éloignait. Assis à côté de moi, Ryôsuke a poussé un soupir. Quand je me suis tournée vers lui, j'ai remarqué qu'il n'avait qu'une seule chaussette.

« Tu as vu ? »

Il a hoché la tête.

« C'est que je me suis précipité comme un fou ! »

Brusquement, je me suis sentie toute confuse.

« Excuse-moi. J'ai vu rouge tout d'un coup, je te demande pardon. »

L'air stupéfait, Ryôsuke m'a regardée. Sans doute était-ce la première fois qu'il me voyait présenter des excuses aussi spontanément.

Depuis, j'en suis venue à parler assez souvent avec l'homme du parc.

Kurahashi confectionne des gâteaux.

Il a un commerce dans le quartier voisin, la *Pâtisserie Kurahashi*.

« Je n'aime pas ce mot qui ne m'est pas familier, mais ma femme l'aime bien, alors… »

Il bougonne. Il paraît qu'avant, la boutique portait le nom de *Kurahashi, marchand de gâteaux*.

Il m'a raconté qu'il avait commencé à ramasser les déchets une quinzaine d'années plus tôt.

« Il faut dire que j'ai toujours habité ce quartier, alors forcément… »

Tout en disant cela, il se penche. Il met des brindilles dans le sac.

Il voudrait avoir un chien.

« Mais ma femme s'y oppose.

— Ce n'est pas parce que votre magasin vend des produits alimentaires ? » suggère discrètement Ryôsuke.

Kurahashi hoche la tête.

« Il y a de ça, oui, enfin… Ma femme a toujours raison, ajoute-t-il d'un ton légèrement agressif. Je me demande vraiment pourquoi les épouses ont toujours raison comme ça. »

« Vous êtes mariés tous les deux ? »

Il nous a posé un jour la question, et nous avons secoué la tête en même temps.

« Mariez-vous ! a-t-il dit.

— Pourquoi dites-vous ça, vous qui passez votre temps à dire du mal de votre femme ! » ai-je répliqué.

Il a écarquillé les yeux, tout en répondant : « Mais ça n'a rien à voir. »

Si quelqu'un d'autre me parlait sur ce ton, je me mettrais en colère, mais venant de lui, cette façon de dire *toi, la nana*, ne me fait ni chaud ni froid.

« C'est parce que tu n'as aucun sentiment pour moi ! » Il a raison, c'est exactement pour ça.

Kurahashi ne fait peut-être pas partie de mes préoccupations, mais j'ai un tempérament foncièrement volage.

Je suis incapable de réprimer ma colère et je suis infidèle : à cause de ces deux aspects de ma nature, je passe ma vie à être quittée, tous mes amants me laissent tomber.

Avec Ryôsuke, cela fait un an que ça dure.

Mais ce sera sans doute encore un échec.

J'ai renoncé depuis le début.

De tous les garçons que j'ai fréquentés, Ryôsuke est celui qui tient le plus le coup. Ce qui explique que je sois angoissée à l'idée qu'il finira par me quitter.

Même avec un garçon aussi patient que lui, ce sera un échec ?

Je suis effrayée à l'idée d'en faire l'expérience.

« Il ne vous est jamais arrivé de songer à divorcer ? ai-je demandé.

— Non.

— Pourquoi ? ai-je insisté. Parce que vous avez peur de votre femme ?

— Les hommes sont faits pour supporter les choses sans rien dire. »

Kurahashi ouvrait de grands yeux. Vite, vite, il a ramassé les détritus.

« Tiens, tu es seule aujourd'hui. Il t'a plaquée ? »

Je l'aurais tué. J'ai fait comme si de rien n'était. Depuis que je sors avec Ryôsuke, je ne l'ai pas trompé une seule fois. Je crois que je l'aime pour de bon.

Ces derniers temps, il est très occupé. Il lui est pour ainsi dire impossible de venir avec moi au parc. J'ai eu un léger frisson. Je vais avoir bientôt mes règles. C'est un moment où je cède facilement à la tentation. C'est animal, pour ainsi dire. Je me suis mise à trembler.

Peu de temps après, j'ai eu une aventure.

J'étais trop en décalage avec Ryôsuke. L'approche de mes règles, à laquelle s'ajoutait ma tristesse d'être seule, tout concourait à ce que mon envie d'une aventure grandisse.

Je ne savais même pas comment il s'appelait exactement. J'ai immédiatement regretté ce que j'avais fait. J'ai songé qu'il ne fallait à aucun prix que Ryôsuke s'en aperçoive.

Il l'a découvert tout de suite.

Il m'a espionnée sur mon téléphone portable.

« Qu'est-ce qui te donne le droit de regarder mon portable derrière mon dos ? »

Il aurait dû se mettre en colère en premier, mais c'est moi qui ai crié.

« C'est parce que je t'aime ! »

Ryôsuke se rendait à l'évidence.

Il s'est mis à pleurer. Comment as-tu pu, avec un autre homme que moi ? Moi qui n'ai jamais posé les yeux sur une autre fille que toi, Kanade.

A mon tour, j'ai pleuré. Pourquoi tu ne t'occupais plus de moi ?

Nous avons longtemps pleuré, nous nous sommes lancé des injures, puis il est parti.

C'était la première fois. D'habitude, c'est moi qui pars. Cette fois, c'était lui, et contrairement à moi, il est parti sans faire de bruit.

J'étais assise sur un banc quand Kurahashi est arrivé. Mes premiers mots ont été pour lui dire que j'avais été plaquée.

« Ah bon, il t'a quittée ? » Il ouvrait grand les yeux. « Mais pourquoi ? a-t-il demandé.

— Je l'ai trompé. »

Kurahashi s'est baissé pour ramasser des détritus. Il a ouvert le sac en plastique pour y mettre sa prise.

« Félicitations !

— Mais je n'ai rien fait de particulier ! »

Il a secoué la tête.

« Ce n'est pas ça. Ce que j'ai voulu dire, c'est que ton mec a eu le courage de te quitter, bravo ! »

Son admiration semblait sincère. J'étais en colère, mais je me suis dit que cette réaction était bien de lui.

Trois jours avaient passé depuis que Ryôsuke était

parti. Je n'avais presque rien mangé. Ma peau était sèche, mes traits bouffis à force d'avoir pleuré.

Kurahashi a passé un certain temps à ramasser tout ce qui traînait dans le parc. Pour finir, il est revenu près de moi.

« En tout cas, ne te décourage pas », a-t-il dit avec un sourire.

Je fulminais. Mais l'énergie me manquait pour riposter.

Il est parti en fredonnant et en me laissant à ma morosité.

Moi que la seule vue de Kurahashi mettait en colère, j'avais fini par venir très souvent dans le parc et je me retrouvais à bavarder avec lui.

Il ne cherchait pas à me consoler, et c'était sans doute cela qui m'apaisait.

Il continuait à s'adresser à moi en disant *la nana*. Pourtant, je lui avais dit que je m'appelais Kanade.

« Ryôsuke reviendra peut-être, vous savez. »

J'allais beaucoup mieux. J'avais retrouvé mon poids. Je n'écoutais plus tous les soirs des chansons sur les peines d'amour. L'autre jour, j'avais même téléphoné à Ryôsuke.

« J'avais l'air de lui manquer terriblement… »

Je me suis vantée devant Kurahashi. Ryôsuke m'avait effectivement proposé d'aller au restaurant avec lui.

« Tu crois vraiment que les choses peuvent s'arranger comme ça ? a dit Kurahashi d'un air de doute.

— C'est vrai », ai-je admis avec simplicité. Ce qui a surpris Kurahashi.

« Mais dis-moi, te voilà bien docile aujourd'hui ! »

Il me trouvait peut-être attendrissante, mais je n'en avais rien à faire, je l'ai ignoré.

L'autre jour, j'ai mangé un gâteau qu'il avait cuisiné. Il était bien meilleur que ce que j'avais imaginé.

Si je me réconcilie avec Ryôsuke, on ira tous les deux à la pâtisserie. Mais je ne crois pas qu'on va se remettre ensemble. La prochaine fois que je serai amoureuse d'un garçon, je jure de ne pas le tromper. Je le jure.

« Je me demande si je pourrai recommencer avec Ryôsuke… » J'interroge de temps en temps Kurahashi.

« Les hommes sont faibles… » répond-il en ouvrant de grands yeux. Il fait cliqueter plusieurs fois ses pinces métalliques, et il bat des paupières.

Soudain, il a dit : « Dépêche-toi de te marier !

— Mais je n'ai personne, vous savez !

— Ce ne sera pas difficile, les hommes sont des pantins ! »

De nouveau, il a fait cliqueter ses pinces.

Puis, les yeux baissés, il a murmuré :

« Bon sang de bonsoir, comme j'aimerais avoir un chien… »

Un matin légèrement nuageux

De temps en temps, une envie folle me prend de confectionner des boulettes de riz.

C'est généralement le dimanche après-midi que je suis saisie de ce besoin inexplicable.

Une fois terminé un petit déjeuner tardif, je reste encore un peu vaseuse bien que j'aie fait la grasse matinée, et quand j'émerge d'une petite sieste, mon corps tout entier ressent un décalage par rapport à la réalité.

Le jour de repos va bientôt s'achever.

Ce manque de concordance s'accompagne d'une tristesse floue, qui participe aussi du sentiment vague que tout est morne, rien n'est gai, sans que je puisse dire pourquoi…

C'est ce qui m'incite à faire des boulettes de riz. J'en fais quatre, une que je bourre de saumon en menus morceaux, une avec une prune salée, une autre avec de la bonite râpée, la dernière avec encore du saumon séché.

Une fois qu'elles sont prêtes, je les enveloppe dans du papier alu, je remplis une bouteille thermos de thé, et je me dirige vers le cimetière.

Ce n'est pas un cimetière en bonne et due forme, il ne fait pas partie d'un temple.

Au milieu d'un bois de bambous qui longe le chemin, il y a deux tombes marquées par des pierres sculptées, en fait de cimetière, il conviendrait plutôt de parler d'un endroit où se trouvent des tombes.

Les tombes sont très anciennes. Les noms sculptés dans la pierre sont presque effacés. Peut-être a-t-on gravé le nom de *Terashima*, mais le *kanji* qui veut dire *île* pourrait aussi bien signifier *oiseau*.

Alentour, un bosquet de bambous, des herbes folles et des ronces. A l'endroit où le bosquet finit, de l'eau jaillit et forme un ruisseau. En cette saison, des lespédèzes montrent leurs petites fleurs violettes et à la surface du ruisseau flottent des châtaignes d'eau.

De la cheminée s'élève de la fumée. Monsieur Shioiri doit avoir beaucoup à faire aujourd'hui. Je me suis approchée en évitant autant que possible de faire du bruit, mais il a levé la tête au crissement des feuilles. Il était en train de fendre des bûches.

C'est vous ? a-t-il dit en levant une main. Il avait de la barbe. Sans doute avait-il travaillé tard dans la soirée.

J'ai commencé à lui adresser la parole il y a environ un an. Il habite une cabane à côté du cimetière, il est céramiste.

« Céramiste, voilà un nom qui me gêne un peu ! » dit-il, mais j'ai lu un jour dans une revue un article qui le présentait comme *Shioiri Masuo, céramiste habitant dans la région d'Ibaraki, âgé de 36 ans.*

« Alors, artiste potier, par exemple ? »

Il s'est redressé en disant : « Oh non, ça fait encore plus louche ! Pourquoi pas potier, tout simplement ? »

Il m'a raconté que son maître était mort.

« Vous comprenez, ces histoires de tradition, de lignée, tout ça, c'est complexe, je ne me sentais pas à ma place après sa mort, lui succéder, non vraiment, c'était trop compliqué, alors, j'ai pris mon indépendance et j'ai créé mon propre four. » Voilà ce qu'il m'a appris quelque temps après que nous avons fait connaissance.

A chaque fois qu'il doit parler de quelque chose de compliqué, il s'en débarrasse en disant *le truc*, ou *le machin*, ou *tout ça.*

D'ailleurs, même pour d'autres choses, il a tendance à dire *le truc*, ou *je sais pas.*

« Qu'est-ce que c'est, ce truc, aujourd'hui, du navet, des laitances de colin ?

Les boulettes de riz que j'ai apportées font partie des trucs et des machins.

« Les prunes salées que vous utilisez, c'est celles qu'on trouve dans les magasins, non ? Tous ces trucs peu ou pas salés à la mode maintenant, c'est bien ça, non ? La prochaine fois, je vous donnerai un peu de celles que je fais moi-même, bien salées et très acides, vous verrez ! »

En même temps, il s'empare de trois des boulettes que j'ai préparées. Il déchire le papier d'argent et il en avale une en trois bouchées.

« C'est rudement bon ! » s'exclame-t-il, du fond du cœur. Et il gonfle le ventre.

« Bon, je me remets au travail ! »

Je suis restée un moment à le regarder fendre des bûches. On entend un grillon chanter. La fin de l'après-midi est proche.

Une vague mélancolie, me dis-je de nouveau. Mais ce n'est pas le même état que le décalage qui suit une petite sieste.

Shioiri ne fait aucun cas de moi, et c'est cela qui me rend vaguement triste.

Il est marié. Il m'a raconté que sa femme travaillait dans un bureau à Tôkyô.

Il paraît qu'il a *fait la conquête* de sa femme après l'avoir disputée à deux étudiants de la même université que lui, l'université des beaux-arts, l'un était plus jeune que lui d'une année, l'autre plus âgé (Shioiri étant lui-même de la même promotion).

Je suis pourtant censée détester les garçons qui parlent de *conquérir* une femme…

Mais, sans que je m'explique pourquoi, j'aime Shioiri.

Un amour non partagé est empreint de douceur et de tristesse tout à la fois.

Mais c'est toujours préférable à un amour partagé bizarre, dit Sumire.

Sumire est mon amie depuis l'école primaire.

Comme elle avait envie de voir Shioiri, je l'ai emmenée un jour avec moi. Elle a déclaré qu'elle l'avait trouvé plutôt séduisant.

Sumire s'est mariée à dix-sept ans et elle a eu trois enfants l'un après l'autre, ce qui fait que son aîné est déjà au collège.

« Tu devrais te marier, ma petite Aki, me dit-elle de temps en temps.

— Mais je n'ai personne, en plus, je n'ai pas l'impression que mon mariage serait réussi. »

A ces mots, Sumire a secoué la tête, avant de dire : « Tu sais, le mariage, c'est une chose très simple. »

Je lui ai demandé ce qui l'avait incitée à se marier. Encore une fois, elle a secoué la tête.

« C'est parce que j'ai rencontré un garçon dont je ne voulais pas m'éloigner, ne fût-ce qu'un instant.

— Mais je ne connais personne comme ça, moi, figure-toi. Et j'ai l'impression que de toute ma vie, ça ne m'arrivera pas ! »

Sumire a de nouveau secoué la tête pour dire :

« Ne t'inquiète pas, parce que le fait de ne pas vouloir s'éloigner une seule seconde, c'est seulement une illusion. On se fait des idées, quoi !

— Qu'est-ce que c'est que cette histoire ? » ai-je dit en riant. Sumire a ri à son tour. Sumire a une voix prenante. Elle continue de plaire aux hommes. Les habitués de la station-service que tiennent ses parents lui font des tas de cadeaux. Des fleurs, des légumes, des cigarettes.

« Le cadeau le plus fantastique, c'était un pot où

étaient plantés toutes sortes de cactus qui avaient plus d'un mètre de haut ! Ah, ce client, ça alors ! »

Le mari de Sumire la frappe de temps en temps. « Il y a un nom pour ça, violences conjugales, non ? » Je balbutiais. Sumire, faisant preuve d'un grand calme, a répondu :

« Non, parce que c'est moi qui donne les plus grands coups ! »

Il paraît que pour un coup qu'elle reçoit, elle lui en donne cinq.

Très peu pour moi, ce genre de vie conjugale, me suis-je dit. Sumire, quant à elle, ne donnait nullement l'impression de souffrir de la situation, elle était le calme incarné.

« Toi, Aki, tu fais partie des femmes qui rêvent, me dit-elle.

— C'est bien possible. »

Moi, je suis amoureuse de Shioiri. Et je ne peux pas me marier avec lui, je ne peux même pas avoir avec lui une histoire d'amour, et c'est pour ça que je l'aime encore plus.

(Je cherche à éviter tous ces genres de *machins*, *trucs*, et de *je sais pas quoi, moi*.)

Je m'amuse à imiter sa façon de parler.

Une fois par mois, il va à Tôkyô. C'est pour voir sa femme.

Pour faire des boulettes de riz, je mouille la paume de ma main avec beaucoup d'eau.

Je prends du sel, dont j'enduis soigneusement le

creux de ma main, et j'utilise deux tiers d'une bolée de riz, que je serre très fort. Mes boulettes ne sont pas rondes, elles sont triangulaires, et j'aime que les angles soient bien saillants.

Les boulettes de Sumire sont rondes. Elles sont toutes petites, il n'y a rien à l'intérieur. En revanche, elles sont couvertes de sésame, de pérille rouge séchée, ou saupoudrées de poussière d'algue.

« Les enfants ont une petite bouche », m'explique-t-elle.

J'aime beaucoup les enfants de Sumire. Un garçon et deux filles. Je les aimais déjà bébés, quand ils étaient semblables à de jeunes animaux, mais à présent qu'ils sont devenus capables de parler, je les aime encore plus.

Les choses que j'aime sont les boulettes de riz, les enfants de Sumire, et Shioiri.

Il y a plusieurs autres choses que j'aime.

Les matins nuageux.

La cloche d'une école. Particulièrement, la cloche du déjeuner.

Les places à l'arrière du bus.

Les gâteaux de farine d'orge fourrés à la pâte de haricots.

Regarder à la télévision des troupeaux de buffles.

Les fleurs de magnolia.

Une table chauffante qui n'est pas incorporée au plancher.

Autant de choses que j'aime sans distinction. Shioiri, gâteaux fourrés, brasero mobile.

Il n'y a rien à espérer de toi ! dit Sumire.

Le cimetière est sombre.

Dans la journée aussi.

Quant au soir, inutile d'en parler.

Aujourd'hui, une fois n'est pas coutume, j'ai l'intention d'aller voir Shioiri le soir, et un jour de semaine par-dessus le marché.

Il s'est passé quelque chose de désagréable là où je travaille. J'ai un emploi à la bibliothèque municipale. On va sans doute penser que c'est un lieu de travail paisible, mais les relations humaines sont assez… enfin, bref, passons.

J'ai préparé les boulettes de riz en versant des larmes. A trente ans passés, pleurer pour un problème au travail ! Je me trouvais pitoyable, mais mes larmes ne voulaient pas s'arrêter de couler. Ça ne m'a pas empêchée de confectionner les boulettes.

« Ah ça alors ! » J'ai poussé la porte qui était entrouverte, et je suis entrée.

C'était la première fois que je pénétrais chez Shioiri.

D'habitude, nous mangions ensemble les boulettes de riz en plein après-midi, à côté du cimetière, près du four. Dans la lumière d'une fin de journée dominicale, nous parlions à mi-voix. Mais aujourd'hui, c'était différent.

« Quel désordre ! » ai-je dit.

Shioiri a hoché la tête d'un air embarrassé. Il donnait l'impression d'être en train de boire.

« Qu'est-ce qui se passe, pour que vous veniez à une heure aussi tardive ? » a-t-il demandé. « J'ai apporté des boulettes. » Il s'est vite approché et a tendu la main.

La pièce sentait légèrement le moisi.

Dans sa main, la boulette de riz paraissait toute petite.

« Alors, vous avez couché ensemble ? a demandé Sumire.

— Non.

— C'est malin ! » Et Sumire a éclaté de rire, sans paraître déçue le moins du monde. « Tu l'aimes, pourtant ! Tu vas chez lui le soir, et il ne se passe rien… » C'était vrai.

« Dis-moi, tu aimes encore ton mari ? ai-je demandé à Sumire.

— Je ne sais pas », a-t-elle répondu sans détour.

Elle s'est mise à siffloter. Le Shioiri du soir m'avait donné une impression plus complexe que celui de la journée. Mes boulettes de riz ne s'accordaient pas avec le Shioiri du soir.

« Les hommes ne sont pas comme on voudrait qu'ils soient, ai-je murmuré.

— Evidemment ! C'est maintenant que tu t'en aperçois ? C'est pour ça qu'on se bat ! On cherche à avoir le dessus sur l'autre, a dit Sumire en riant, après avoir cessé de siffloter.

— Mais moi, je ne veux pas donner des coups.

— Tu n'as pas besoin de frapper, tu n'as qu'à être la plus forte avec les mots.

— Je n'ai pas non plus ce genre de don !

— Maintenant que tu le dis, c'est bien vrai. »

Tout en continuant à discuter, j'ai regardé le ciel. Il était couvert de fins nuages brillants.

Les choses que j'aime. Shioiri, les magnolias, les troupeaux de buffles.

Aujourd'hui aussi, je prépare des boulettes de riz.

Le décalage que je ressens le dimanche, cette impression d'une vague tristesse indicible, va venir.

Je suis sûre qu'il est conscient des sentiments que j'ai pour lui. Mais il fait comme si de rien n'était. Et moi de même. Mon sentiment, est-ce que je sais, je fais comme si je n'en savais rien.

Les boulettes de riz du jour sont aux petits poissons séchés, aux prunes salées que m'a données Shioiri, à la bonite râpée, la dernière avec de la prune salée.

Ce serait bien que ça continue éternellement. Voilà ce que je me dis tout en pressant bien fort le riz. En donnant aux boulettes la forme de petits triangles aux coins bien saillants.

Je fredonne en marchant vers le cimetière.

Des volutes de fumée s'échappent de la cheminée du four. J'aime Shioiri. Je ne l'aime pas. Ni l'un ni l'autre. Non, décidément, je l'aime un peu.

Le bosquet de bambous s'agite dans le vent, les feuilles frémissent, froissement de taffetas.

Adieu, mon double

Mon double, je l'appelle *la traîne.*

Au début, je lui donnais des noms qui pouvaient correspondre à une signification, *mon ombre*, *mon alter ego*, mais je trouvais que ça ne correspondait pas à mon impression.

Car aucune forme précise ne l'accompagne.

Et puis, l'atmosphère qui s'en dégage n'est pas pesante.

Pour autant, cette présence ne m'apporte nul réconfort.

Ma traîne.

C'est une chose qui fait son apparition aux moments décisifs de ma vie, une chose mystérieuse, qui revêt exactement ma propre forme.

La première fois que mon double s'est manifesté, c'est quand j'ai commis un vol.

Je devais être en cinquième année à l'école primaire.

J'avais volé dans une papeterie un cahier vert pâle.

(C'est malin, voilà que j'ai réussi à voler, et sans effort en plus !)

A l'instant où j'ai fait tomber d'un coup le cahier au fond de mon sac, j'ai été saisie de crainte.

Je n'avais pas pensé que je réussirais si facilement à voler. On me rappellerait à l'ordre, mes mains tremblantes lâcheraient le cahier, une alarme se déclencherait brusquement, bref, je m'attendais sincèrement à ce qu'il se produise quelque chose.

Mais voler avait été d'une facilité surprenante.

J'ai quitté le magasin le cœur battant, bien plus qu'avant de voler le cahier, et au lieu de rentrer directement à la maison, je suis passée à la bibliothèque. Je voulais enlever dans les toilettes l'étiquette du prix collée au dos du cahier.

L'étiquette ne se décollait pas facilement. Quand finalement j'ai réussi à l'arracher avec mon ongle, la colle était si forte que des résidus sont restés sur la couverture.

Désappointée, j'ai tiré la chasse et ouvert la porte.

A côté du lavabo, mon double était là.

Je me suis retournée en poussant un cri.

J'étais stupéfaite.

Mon sosie avait exactement le même visage que moi. La seule différence, c'est que ses cheveux étaient longs. Sensiblement de la même longueur qu'à l'époque où je les avais laissés pousser l'année précédente. Une fois en cinquième année, je les avais fait couper très court. Brusquement, c'était devenu fastidieux pour moi de les attacher chaque matin.

Lui aussi a crié.

La voix était la même. En réalité, on ne connaît pas le son de sa voix, mais contrairement à l'impression qu'on a généralement en entendant un enregistrement (tiens, je ne me savais pas une voix comme ça), la tonalité était beaucoup plus proche de la voix que je m'imaginais avoir.

La seconde d'après, mon double avait disparu. Comme lorsqu'on se dépouille d'un vêtement.

Mes genoux tremblaient. J'ai fini par me mettre à courir. Il fallait absolument que je parte.

Je savais parfaitement où je voulais aller. La papeterie.

Hors d'haleine, j'ai sorti de mon sac le cahier vert clair. Je l'ai remis d'un geste brusque à la place qu'il occupait sur une étagère. Mon double ne m'avait rien dit, mais je savais que si je n'agissais pas ainsi, demain serait différent, inexplicablement j'en étais certaine.

Je suis rentrée directement à la maison. Dans la nuit, ma température est montée jusqu'à trente-neuf.

J'ai déjà expliqué que le fait d'appeler *mon double* cette espèce d'ombre n'avait pas de sens précis, car son existence ne pesait pas vraiment, mais de là à l'appeler *ça*, ou *la chose*, cela me semblait par trop distant. A peine avais-je senti sa présence qu'elle s'effaçait aussi vite qu'elle était apparue, comme une image rémanente, non pas une silhouette dans son intégralité mais comme si la traîne de l'être qui traversait mon regard s'attardait à ma conscience, oui, je sentais toujours comme la queue d'une comète.

La deuxième fois que mon double a fait son apparition, j'étais en première année de lycée.

Je n'ai pas été aussi étonnée que la première fois. En effet, je m'attendais plus ou moins à sa venue.

Après la première fois, je n'avais cessé de me demander ce que c'était.

Six mois environ avant de voir mon double dans les toilettes de la bibliothèque le jour où j'avais volé le cahier, j'avais fait une curieuse expérience.

C'était six mois avant le vol. J'étais alors en quatrième année d'école primaire, j'avais encore les cheveux longs.

Mon moi d'alors, mon moi aux cheveux longs, après avoir comme d'habitude emprunté un livre à la bibliothèque, était allé se laver les mains. C'est alors que cela s'est produit.

Une fille aux cheveux courts est sortie des toilettes, et elle a fixé les yeux sur moi.

C'est qui, cette fille, qu'est-ce qu'elle a à me regarder comme ça ? En même temps, je lui ai rendu son regard.

Brusquement, je me suis rendu compte qu'elle me ressemblait trait pour trait. Elle avait les cheveux courts, mais le visage, le corps, l'impression qu'elle dégageait, c'était exactement moi.

Je n'ai pas pu m'empêcher de crier.

La seconde d'après, elle avait disparu.

La scène que j'avais vue immédiatement après mon vol lorsque j'avais les cheveux courts était identique à celle que mon moi aux cheveux longs avait vue six mois plus tôt.

Mais moi, moi qui avais alors les cheveux longs, j'avais pensé que je m'étais trompée. Ou plutôt, je souhaitais tellement m'être trompée que je n'avais pas cherché plus loin.

J'avais fait comme s'il ne s'était rien passé.

Voilà.

Peut-être était-ce parce qu'à l'époque où j'avais les cheveux longs, rien ne venait assombrir mon cœur. Et à supposer que quelque chose d'étrange se produise dans ma vie quotidienne, j'étais capable de me comporter comme si de rien n'était.

Mais après le vol, je ne pouvais plus faire preuve de résilience, je réagissais à l'insolite.

(Et si j'avais fait un genre de retour dans le passé, après tout, ce n'était pas impossible ?)

Après avoir réfléchi aux deux événements, j'ai trouvé une explication.

(Une chose qui s'est produite une fois peut se répéter une autre fois.)

Cette idée a soudain pris corps.

Ce qui explique que lorsqu'en première année de lycée, le phénomène de mon double s'est produit pour la deuxième fois, je n'ai pas été aussi surprise, voilà la conclusion à laquelle j'ai abouti.

Quand cette deuxième fois est arrivée, j'étais en train de coucher avec un garçon, une expérience que je n'avais encore jamais faite.

Je devrais plutôt dire que j'étais sur le point de faire l'amour pour la première fois de ma vie.

Sakagami était au-dessus de moi.

(Est-ce qu'il n'a pas l'intention de prendre des précautions ?)

Intérieurement, je m'inquiétais. J'avais espéré qu'il sortirait un préservatif en douce pour l'enfiler avec naturel, mais rien ne donnait cette impression.

« Attends, je… » Involontairement, j'ai élevé la voix.

Sakagami n'avait pas l'air de comprendre. Le membre dressé heurtait mon ventre. Ça me chatouillait. Je ne disais plus rien, le visage en feu, Sakagami a hoché la tête. Puis son corps a couvert le mien.

(Ça ne va pas, ça !) Juste à ce moment, mon double est apparu.

Dans la chambre de Sakagami, à côté du lit, mon double a surgi. Il nous surplombait de toute sa hauteur et son regard plongeait sur le dos du garçon.

(Le voilà !) Ce double était sûrement mon moi de l'avant-veille. Deux jours plus tôt, pour la première fois, j'étais venue dans la chambre de Sakagami, mais nous n'avions fait que nous embrasser, puis je m'étais levée pour partir : c'était le moi de cet instant.

Au moment où je me redressais, j'avais vu son dos nu. Puis je m'étais vue moi aussi, nue.

(Ah, est-ce un phénomène de « fausse reconnaissance » ?)

C'est ce que mon moi de l'avant-veille avait pensé. Voilà que le jour où je couchais avec un garçon pour la première fois était arrivé.

J'ai croisé le regard de mon double.

« Dis, Sakagami, protège-toi ! » ai-je crié.

Il s'est tout de suite écarté de moi.

« C'est malin ! Excuse-moi ! »

Il s'est précipité vers la table et, du troisième tiroir, il a sorti une petite enveloppe. Il a déchiré le papier d'un geste sec et s'est hâté de se couvrir. Tandis que je le regardais faire, ses gestes m'ont rassurée. (Il avait seulement oublié, tellement il était impatient !)

Mon double avait déjà disparu.

Merci ! ai-je murmuré intérieurement à mon double. J'ai eu très mal, mais disons que l'expérience a été réussie. Après, Sakagami et moi avons dormi environ une heure, dans les bras l'un de l'autre.

Nous nous sommes quittés un an plus tard, mais cette année-là avait été très agréable. J'en ai gardé un excellent souvenir.

Mon double est apparu huit fois jusqu'à aujourd'hui.

Si, comme la première fois quand j'avais volé, ou la deuxième fois où j'avais peur d'être enceinte, il est apparu à des moments décisifs, ou qui me paraissaient tels, d'autres fois, ses manifestations restent pour moi mystérieuses.

Une fois par exemple, il s'est montré tandis que je marchais sans penser à rien de précis, avant de s'évanouir aussitôt. Et après ça, ni accident ni crime. A moins que, peut-être, si à ce moment-là je n'avais pas ralenti ma marche un instant, si j'avais marché sans hésiter…

Puis j'ai eu quarante-cinq ans. Je ne me suis jamais mariée. Je travaille dans une compagnie commerciale. Je gagne un peu moins de dix millions de yens par an. Il y a quelques années, j'ai fait l'acquisition d'un petit appartement dans l'arrondissement de Minato et j'ai adopté un chat. Il n'a pas de pedigree, je l'ai recueilli près du bureau, c'est un chat de gouttière noir et blanc.

Il m'arrive parfois de déprimer. Je pense que ce sont les symptômes de la ménopause qui approche, mais ce n'est pas grave au point que je doive aller voir un médecin. Mon appartement est bien installé, et quand je suis seule à ne rien faire, tout naturellement, j'évoque les moments où mon double a fait son apparition.

Quand j'ai volé le cahier, si je n'étais pas allée le reposer à sa place, si c'était devenu pour moi une habitude de voler, où en serais-je à présent ?

Si à ce moment-là un événement inattendu s'était produit, si ma vie avait changé ainsi que mon environnement, où en serais-je ?

Mon imagination vagabonde sans fin. Mais je n'arrive jamais à y voir clair.

Par moments, j'envie mon double. Particulièrement quand je broie du noir.

(Comment dire, il me semble que ma volonté ne change rien au cours de ma vie.)

Oui, c'est ainsi que je ressens les choses.

Aujourd'hui je suis à Okinawa.

La semaine dernière, il y avait longtemps que ça ne m'était pas arrivé, j'ai vu mon moi futur.

Je portais un maillot de bain. Il faisait grand soleil. J'étais allongée, enfin mon moi de l'avenir, sur une chaise longue au bord de la piscine de l'hôtel. Il y avait un homme à côté de moi. Je me souvenais de l'avoir déjà vu.

C'est Sakagami ! ai-je pensé tout de suite.

Pour mon moi futur, j'étais son double. Mon regard, celui du moi de la semaine dernière, a croisé son regard.

Sakagami se demandait s'il allait me prendre la main, celle de mon moi futur.

Est-ce qu'il va me prendre ou non la main ?

A l'instant où je me posais la question, mon moi de la semaine passée a disparu de mon regard actuel.

La semaine dernière, j'étais en déplacement à Okinawa. Normalement, j'aurais dû regagner la capitale tout de suite, mais le lendemain du jour où j'ai vu l'avenir, j'ai pris un congé et changé mon programme pour rester à Okinawa. Pour la bonne raison que, sur la table au bord de la piscine, j'avais vu le journal de la semaine à côté duquel était posé un sous-verre portant le nom de l'hôtel, *Hôtel de la baie d'Okinawa*, l'hôtel de l'avenir.

Hier soir, j'ai rencontré par hasard Sakagami dans le hall de l'hôtel. Il m'a raconté qu'il était propriétaire de plusieurs magasins et qu'il était venu à Okinawa pour faire l'acquisition de diverses marchandises. Nous avons dîné ensemble puis pris un verre au bar. Nous sommes convenus de nous retrouver pour nager le lendemain matin, avant qu'il fasse ces achats dont il m'avait parlé la veille.

Allais-je dégager ma main, ou bien allais-je répondre à son geste ?

La veille, après avoir quitté Sakagami dans l'ascenseur, je m'étais posé des questions toute la nuit.

Je savais que si mon double faisait son apparition, mon corps réagirait aussitôt. Mais je ne voulais plus me plier aux injonctions de mon double.

Etait-ce possible ?

Quand, fatiguée par les questions qui se pressaient dans ma tête, j'ai fini par m'endormir, le petit matin était déjà là.

Et maintenant, nous y sommes.

Mon double s'est montré puis a disparu, à l'instant même.

J'ai été incapable de réagir.

Je n'ai pas dégagé ma main.

Je n'ai pas non plus répondu à son geste.

Je suis restée inerte.

J'étais un bloc rigide, mon cœur battait la chamade, comme celui d'un enfant innocent.

Mon double ne m'avait envoyé aucun signe.

Il fallait que je prenne moi-même une décision.

Cette certitude terrible pesait sur moi de tout son poids.

(Décider moi-même, puisque j'en avais décidé ainsi, oui, c'en était fait.)

Sakagami souriait. Il avait ce visage plein de douceur que j'aimais autrefois. Mon Dieu, que vais-je décider ?

Je vais de l'avant ? Je recule ?

Mon cœur battait à grands coups. Etait-ce parce que j'aimais Sakagami, espérais-je simplement être capable de prendre une grande décision ? Je n'en savais rien.

Mon double s'évanouissait, cette ombre qui jamais ne m'avait accompagnée aussi longtemps.

Tandis que je remuais ces pensées, j'ai ouvert la bouche et j'ai murmuré en regardant Sakagami : « Dis... » Le soleil brillait violemment. Une brise humide est venue caresser mes joues. Quarante-cinq années. Il avait fallu tout ce temps pour que j'en arrive à ce moment, pour que je devienne enfin capable de prendre une grande décision ! Mais au fond, peut-être n'était-ce pas si long, puisque ma vie allait continuer longtemps encore...

Comme un enfant qui pour la première fois de sa vie adresse la parole à une grande personne, j'ai répété en regardant Sakagami : « Dis... »

Belles-de-jour

J'ai une nouvelle commande.
C'est une lettre d'amour.

J'ai commencé à faire ce travail il y a deux ans, quand je me suis mariée. Ce n'est pas un travail à plein temps. Cela ne mérite pas non plus le nom d'emploi à temps partiel. C'est une activité ambiguë, sans durée précise, qui commence quand j'ai une commande.

A cause de cette imprécision, cela m'embarrasse beaucoup quand on me demande la nature de mon travail. Service d'entretien, travail administratif, travail journalier, relation avec la clientèle… ce n'est pas une activité susceptible d'être étiquetée et de me ranger dans telle ou telle catégorie de la population active. S'il fallait absolument lui donner un nom, on pourrait peut-être la ranger dans la rubrique *rédaction de textes*.

A condition toutefois de préciser qu'à la différence de ceux qui font de la compilation de documents, à la différence des créateurs qui composent des poèmes, des romans ou des essais, à la différence encore de ceux qui œuvrent pour les dictionnaires ou les encyclopédies, mon travail a une seule personne pour destinataire.

Rédiger un exposé pour un étudiant est sans doute le travail qu'on me demande le plus souvent, mais on a recours à moi pour toutes sortes de textes, parfois très inattendus.

Il y avait longtemps qu'on ne m'avait pas demandé d'écrire une lettre d'amour.

J'ai pour principe de ne pas rencontrer la clientèle.

Cette fois encore, j'ai demandé à être contactée par mail.

Le commanditaire est âgé de trente-six ans. C'est un homme. Célibataire. Il est technicien dans une entreprise.

La destinataire est une femme âgée de soixante-cinq ans. Elle vit seule depuis qu'elle a perdu son mari il y a trois ans. Elle a deux filles qui sont mariées. Elle aime jouer au badminton.

A ma question *Combien de fois avez-vous rencontré cette personne seul à seule ?*, la réponse est arrivée immédiatement : *Trois fois.*

Une lettre d'amour adressée par un homme célibataire à une femme avec qui il a eu trois rendez-vous et qui a presque le double de son âge.

C'est une commande délicate, mais j'en ai eu de bien plus insolites.

La rédaction d'une épitaphe pour la pierre tombale d'un client après sa mort.

Un roman dont le commanditaire serait le héros. Et ce héros serait le chef d'une brigade criminelle d'un commissariat de Shinjuku.

Une femme animée d'une haine secrète pour son mari, qui me demandait d'écrire une lettre d'insultes pour, disait-elle, lui permettre d'assouvir sa rancœur en lisant et relisant cette lettre (qu'elle n'enverrait jamais).

Ces commandes étaient toutes d'une grande difficulté, et j'ai beaucoup peiné pour les mener à bien. Le chef de la brigade criminelle s'est donné à fond dans son travail, il a été blessé mais a réussi à arrêter le criminel, et je lui faisais dire à la fin une réplique assez géniale.

Le plus dur a été de rédiger la lettre d'insultes. J'avais beau insister tant et plus sur les aspects que cette femme haïssait chez son mari et qu'elle m'avait communiqués par mail, elle n'était jamais satisfaite.

Vous aurez beau vous évertuer à porter les accusations les plus virulentes, mon cœur ne s'apaisera pas pour autant !

Je me souviens encore de ses paroles.

Ce travail qui est le mien n'est pas facile. Il ne rapporte pas beaucoup. Quand j'ai terminé une tâche ingrate, je vais acheter des graines, que je sème sur mon balcon. Ce qui fleurit en ce moment, ce sont des roses de Noël. Violet pâle, blanches, vert clair, elles ont fleuri avec un bel ensemble.

Lorsque j'écris, je m'efforce de me mettre dans la peau de celui ou de celle qui m'a chargée de rédiger ce texte.

Seulement, pour me faire une idée de la personnalité de mes commanditaires, je ne dispose que des éléments qui m'arrivent par mail.

Quelles sont les formules de fin? Faut-il insérer des réflexions sur le temps? Est-ce quelqu'un qui introduit des détails sans rapport avec ce qu'il ou elle a à dire? De quelle manière les phrases sont-elles coupées? Quelle police de caractères est utilisée?

Arriver à déchiffrer le caractère d'une personne avec ces seuls éléments est loin d'être évident.

Dans la mesure où mes clients s'avèrent capables de donner par mail des indications précises et des détails sur le texte qu'ils me demandent, je me dis quelquefois qu'ils feraient mieux de le rédiger eux-mêmes.

Mais à un certain moment, j'ai fini par comprendre. Ils avaient sans doute déjà essayé de le faire.

Ils avaient échoué, c'est tout, inutile de chercher plus loin.

Par exemple, la femme qui m'avait commandé une lettre d'insultes.

Plutôt que celles d'une inconnue ignorant tout du mari, les insultes que l'intéressée pouvait écrire devaient être plus convaincantes et plus percutantes.

Mais peut-être, justement à cause du caractère pressant et désespéré de ces reproches, ce qu'elle avait écrit lui était insupportable.

Les choses telles qu'elles sont.

Les vérités criantes.

La vérité écrasante.

Aucun d'entre eux ne voulait regarder la réalité en face, oui, j'en étais certaine.

La lettre d'amour n'avançait pas.

Pour commencer, je ne connaissais pas le nom de la destinataire. J'aurais pu laisser un blanc, mais rien ne s'éveillait en moi, mon imagination ne se mettait pas en mouvement.

J'ai décidé de choisir un prénom à ma guise, Keiko.

Keiko avait les cheveux courts. Elle avait pour principe de ne pas teindre ses cheveux blancs. Elle avait de l'allure, portait bien les oreilles percées. C'était au lycée qu'elle s'était fait percer les oreilles. A cette époque, très peu de filles au Japon le faisaient, mais une amie qui revenait d'Amérique l'en avait persuadée.

Le badminton en individuel était son fort, elle ne jouait pas en tandem. Elle ne misait pas sur l'endurance, préférant les attaques directes.

Elle avait perdu son mari, avec qui elle formait un couple harmonieux. Elle ne lisait pratiquement pas de romans. Elle faisait bien la cuisine. Elle regardait tard dans la soirée des émissions drôles qui n'étaient pas en tête des programmes. Couchée tard, elle se levait tard.

Tel était le portrait de Keiko que j'avais imaginé, et j'ai donc essayé de lui écrire une lettre d'amour.

Quant à mon client, je m'étais contentée de supposer de façon évasive que c'était quelqu'un de replié sur lui-même, mais possédant des capacités dans son travail.

J'ai envoyé par mail la lettre que j'avais enfin terminée, et le lendemain j'ai reçu un message précisant : *Elle se lève de bonne heure.*

J'ai donc renoncé aux émissions humoristiques diffusées tard le soir, pour lui faire écouter avec assiduité des cours d'anglais pour débutants.

Le jour suivant, j'ai reçu un nouveau mail disant qu'elle détestait tout ce qui avait un rapport avec l'étranger.

J'ai donc décidé qu'elle suivait le matin des ateliers de composition de haïkus et de poèmes.

Elle n'est pas si raffinée que ça. Je me suis dit qu'il existait des femmes qui aimaient les haïkus et les poèmes sans pour autant être raffinées, mais je préférais ne pas contredire mon client.

J'ai écrit une quatrième lettre, qui cette fois a enfin obtenu son accord.

Quelques jours plus tard, j'ai reçu un message du client en question.

En fin de compte, elle a refusé que nous ayons une relation. Il paraît qu'elle a décidé d'aller habiter chez sa fille aînée. Une relation amoureuse semble compromise.

Un célibataire de trente-six ans qui tombe amoureux d'une veuve de soixante-cinq ans, comme l'amant beaucoup plus jeune de Marguerite Duras, à moins qu'il ne s'agisse d'un abus de confiance caractérisé, du point de vue d'un homme qui s'était lancé dans une entreprise aussi audacieuse, c'était un dénouement quelque peu misérable.

L'aspect plaisant de ce travail n'est que de brève durée, il prend fin dès que je commence à écrire, mais il se prolonge tant que mon imagination travaille avec vigueur à me représenter mon client et son entourage.

Je suis sûre que si je rencontrais cet homme qui avait formulé une demande aussi originale, je m'apercevrais que c'était quelqu'un d'on ne peut plus ordinaire.

La saison des roses de Noël touche à sa fin. Il va falloir que je sème d'autres graines.

J'ai dit que je ne rencontrais jamais mes clients, mais il se trouve que, tout à fait par hasard, j'ai vu l'autre jour la destinataire de la fameuse lettre d'amour.

Elle avait les cheveux soigneusement coupés, gris argent, de l'allure. Un peu plus de soixante ans. Une peau satinée, sans maquillage, un simple rouge à lèvres d'une jolie couleur.

C'était dans le train. Elle portait sur le bras un manteau avec de grandes poches et se tenait à la poignée. De la poche de son manteau, une enveloppe dépassait.

J'ai fait le geste de lui céder ma place, mais elle a secoué la tête.

« Je descends à la prochaine ! »

Comme pour dissimuler sa gêne, elle a oscillé légèrement. Le manteau a suivi le mouvement, et l'enveloppe est tombée de la poche.

Elle s'est baissée tout de suite pour la ramasser, et c'est à ce moment-là que j'ai vu le nom de l'expéditeur.

C'était le nom de l'homme qui m'avait passé commande de la lettre d'amour.

Stupéfaite, je n'ai pas pu m'empêcher de dévisager celle que j'avais appelée Keiko.

Elle a tapoté l'enveloppe et, au lieu de la remettre dans la poche de son manteau, elle l'a mise dans son sac.

« C'est quelque chose d'important ? » ai-je demandé.

Elle a hésité quelques secondes, avant de répondre :

« Non, pas spécialement. Les choses qui ont de l'importance, il n'y en a pas tant que ça. »

Keiko qui avait répondu à la question plutôt grossière que lui posait une inconnue n'était pas si éloignée de la femme que je m'étais représentée.

Elle est descendue à la gare suivante.

Quand je me suis retrouvée seule, j'ai été envahie par une vague tristesse.

C'était peut-être à cause des mots que l'inconnue avait utilisés, *les choses qui ont de l'importance, il n'y en a pas tant que ça.*

Brusquement, j'ai eu l'idée d'écrire moi aussi une lettre d'amour. Mais je ne savais pas à qui l'adresser.

Après avoir réfléchi, j'ai décidé de l'adresser à mon mari.

Au bout de près de trois heures de réflexion, voici le texte auquel j'ai abouti :

Je me félicite de t'avoir épousé.
Je te souhaite de vivre longtemps.
Je t'aime.
Vis longtemps surtout, je t'en prie.

Contrairement aux lettres qu'on me demande, je n'ai cherché aucune formule élégante ou remplie de sous-entendus.

Tout en me disant que c'était bien naturel, j'ai mis les phrases au propre, la feuille dans une enveloppe, que j'ai cachetée.

Bien entendu, je n'ai pas envoyé cette lettre à mon mari.

Je l'ai placée au fond d'un tiroir, et les soirs où il est en déplacement ou qu'il rentre tard parce qu'il est de sortie pour son travail, je me blottis sous une couverture et je regarde l'enveloppe.

Un jour, j'oublierai que j'ai écrit cette lettre sans grande importance, mais en attendant que ce moment arrive, je vais la regarder encore et encore.

Quand la température s'adoucira, je sèmerai des graines de belles-de-jour. Ces graines, je les ai récoltées à la fin de l'été dernier dans un terrain vague près d'une rivière. De petites fleurs bleu ciel vont éclore. Les choses qui ont de l'importance, c'est bien vrai, il n'y en a pas tant que ça.

Les boucles qui ornaient le lobe des oreilles de Keiko avaient la couleur des belles-de-jour, un beau bleu, le bleu du ciel.

La couleur froide de l'ivoire

Il m'appelait Kinu. Depuis le début jusqu'à la fin. Il ne disait pas mon nom de famille, qui est Mineguchi, il ne disait pas non plus mon prénom en entier, Kinuyo, mais simplement Kinu.

J'avais un peu l'impression de ressembler aux héroïnes des romans de l'époque Meiji, cela me rendait légèrement confuse, mais cela me faisait plaisir d'être appelée ainsi.

Et comment appelait-il Tanji ? Je devrais le savoir, mais je n'arrive pas à m'en souvenir.

En prenant le Nozomi, on arrive à Kyôto en un peu plus de deux heures.

Quand j'avais vingt ans, j'allais à Kyôto en autocar. Je partais tard le soir de Shinjuku et j'arrivais dans la matinée. Les premiers temps, il m'était impossible de dormir et je regardais distraitement défiler le paysage, les montagnes qui se teintaient des couleurs de l'aurore.

Le Japon est couvert de montagnes, pensais-je, tandis que la couleur sombre des versants s'éclaircissait peu à peu.

Parvenue à la trentaine, j'ai pu prendre le rapide Hikari, et insensiblement, j'en suis arrivée à ne plus me préoccuper du tarif et à acheter sans même y penser un billet de Nozomi.

J'ai pris conscience que le temps avait passé.

Tanji, c'est son frère cadet.

Lui, il est mort un certain mois de mai, et depuis, tous les ans, je vais à Kyôto. Je me recueille seule sur sa tombe, puis je rejoins Tanji dans un café où nous avons rendez-vous.

C'est un petit café derrière le sanctuaire de Yasaka.

Tanji ne ressemble pas beaucoup à son frère. Celui-ci disait en riant qu'il avait un visage comme celui des poupées impériales de l'époque Muromachi. Des traits fins, comme ciselés d'une lame acérée. Les joues pâles, qui se teintaient de rouge sous le coup d'une émotion.

Son frère au contraire avait des sourcils fournis, des paupières doubles, du type Jômon, se plaisait-il à dire. Quant à la voix, contrairement à son frère qui avait une voix limpide, la sienne semblait sortir du fond de sa poitrine, elle était pleine de vitalité.

Seul le rire était semblable.

Ses yeux s'effilaient, le rire plissait ses joues, un rire sonore plein de gaieté. Comme son frère. Et pourtant, comme la voix était différente !

Au café, Tanji et moi commandons le plat du jour.

Riz, poisson grillé, soupe de miso blanc, légumes

marinés de saison. Pour accompagner le riz, des condiments en général bien salés et acides. Et bien sûr, un café pour finir.

Il paraît que son frère aimait cet endroit. De son vivant, il ne l'avait jamais emmené dans ce café.

« On m'appelait Tâbô, a-t-il répondu quand je lui ai posé la question.

— Toujours ?

— Non, quand on a été grands, on se contentait de *hé, toi dis donc, au fait*, on ne s'appelait pour ainsi dire jamais par son nom. »

Tanji a croqué un morceau de radis noir.

« Et toi, c'était Kinu, n'est-ce pas ? » a-t-il murmuré. Ce n'était pas le même Kinu, la tonalité était différente.

Je ne me rappelais que vaguement sa voix. Je m'en souvenais seulement quand une autre voix disait mon nom avec une intonation à laquelle je n'étais pas habituée.

Il s'est aperçu de notre relation très peu de temps après qu'elle a commencé.

J'ai tout de suite reconnu les faits et je lui ai demandé pardon. Ensuite, je l'ai supplié de consentir à notre séparation.

« A condition que tu me promettes de ne jamais revoir mon frère », a-t-il répondu.

J'ai respecté ma promesse. Jusqu'à ce qu'il meure, un an plus tard.

Il a été emporté par une lame, un jour de tempête, sur une plage de Wakayama. Il était en train de pêcher.

« Trouver la mort en pêchant à la ligne, non, vraiment ! » a dit son père lors de la veillée funèbre, sans réussir à cacher ses larmes sous la légèreté du ton.

Sa mère a tout fait pour éviter de croiser mon regard.

Il n'était pas mort parce que nous nous étions séparés. Ce n'était pas un homme à vouloir quitter le monde pour ce genre de raison, il avait peut-être un visage plein de finesse, ça ne l'empêchait pas de tenir fermement sur ses jambes.

Quand j'étais plus jeune, c'est une chose à laquelle je ne pensais jamais, mais depuis quelque temps, je ressens vivement que je suis une femme.

J'ai les cheveux courts. C'est pour pouvoir les sécher rapidement.

Mon habillement se limite à une longue jupe droite de couleur foncée, avec un chemisier blanc, des bottes ou des chaussures très simples et noires.

J'ai un grand sac et je marche à grandes enjambées. Je porte une montre masculine, je me maquille en cinq minutes.

Ce n'est pas que je veuille effacer le moindre signe de féminité, le fait que mon travail ne me laisse pas beaucoup de temps a contribué à faire de moi ce que je suis.

Le samedi, je joue au tennis. Le dimanche est censé être un jour de repos, mais il m'arrive souvent de sortir, pour une raison ou une autre. J'ai beaucoup d'amis. Autant de femmes que d'hommes.

Quant à l'amour, j'ai eu plusieurs aventures sans conséquence, après sa mort.

Je suis une femme, mais quand je vois Tanji, et seulement dans ces moments-là, je n'ai aucun mal à oublier que j'en suis une. N'importe quelle femme éprouverait la même chose.

Après avoir quitté le café, nous nous promenons dans le sanctuaire.

Tanji s'est marié une fois, il a divorcé quelques années plus tard. Il n'a pas d'enfant.

A l'époque où il était encore marié, je venais aussi tous les ans à Kyôto sur la tombe de son frère. Il m'arrivait de le rencontrer mais pas toujours.

Jamais nous ne restons ensemble le soir. Nous nous promenons, nous nous reposons sur un banc, avant de marcher à nouveau, et quand arrive la fin de la journée, Tanji s'en va.

Nous ne nous tenons pas la main, nous ne disons rien qui prête à conséquence.

Quand nous avons épuisé les sujets de conversation, je parle de tennis, lui de vélo. Depuis quelques années, Tanji est devenu un passionné de vélo. Non content d'aller travailler en bicyclette, il paraît qu'il lui arrive de faire des randonnées jusqu'à Shiga.

« Il n'y a pas longtemps, je suis allé jusqu'à Wakayama, a-t-il commencé. Je suis allé voir la plage où mon frère est mort. Comme toujours, il y avait beaucoup de pêcheurs. Je suis resté une nuit, et j'ai mangé du poisson.

— C'était bon ? »

Il n'a pas répondu, mais il a murmuré : « Lui qui aimait la viande, pourquoi donc est-il allé à la pêche ? »

Cette année, j'ai pris la main de Tanji, comme ça, pour voir.

« Tu as les mains chaudes.

— J'assimile bien la nourriture.

— Au fait, ça fait combien de temps ?

— Dix-sept ans cette année. »

Il a répondu à ma pression de main. Une pression ni forte, ni légère, sans ostentation.

J'avais fini par préférer Tanji.

Lui aussi m'aimait sincèrement.

Nous nous en sommes rendu compte immédiatement. Bien avant de devenir amants.

Après que son frère eut accepté notre séparation, pendant un an exactement, nous avons réussi à supporter de ne pas nous voir, mais nous avions décidé de lui demander qu'il accepte notre relation.

Seulement, il est mort brusquement, juste avant.

« Il n'est pas mort pour nous faire du mal », a dit Tanji, vers le troisième anniversaire de sa mort, il avait prononcé ces mots comme s'il voulait se convaincre que son frère n'avait pas fait exprès de mourir pour nous gâcher la vie.

« Tu as raison. D'ailleurs, ce n'était absolument pas quelqu'un de méchant.

— Mais il avait le don d'être au mauvais endroit au mauvais moment.

— C'est bien vrai, ça ! Aussi, quel besoin avait-il d'aller à la pêche le lendemain d'un typhon ? »

Nous marchions le long du Chemin des Philosophes. Nos mains s'étaient lâchées. Cela n'avait duré qu'un instant.

Tanji a davantage de cheveux blancs, me suis-je dit. Je suis à la même enseigne. Je ne me les teins pas. Mes cheveux courts vont se mélanger aux cheveux d'argent et aux cheveux gris, je vais de plus en plus accumuler les années.

La femme en moi va s'approfondir.

Je passe toujours ma soirée à Kyôto avec Kiyomi.

J'ai peur en effet de ne pas pouvoir m'empêcher de téléphoner à Tanji si je me retrouve seule.

A Tôkyô, je peux l'oublier, à Kyôto, il est trop près.

« Explique-moi un peu, cette femme en toi qui s'approfondit, qu'est-ce qu'elle va devenir ? » a demandé Kiyomi.

Nous étions dans un petit bistrot sur l'avenue Kawabata. Les sardines séchées y sont délicieuses. Elles ne sont pas dures mais moelleuses à souhait.

« Eh bien, c'est comme si j'allais disparaître, enfin, la femme, je veux dire…

— Disparaître ? Mais c'est triste !

— Non, parce que ce n'est pas quelque chose de très important.

— Cette femme, elle est comment ? »

Ainsi pressée par Kiyomi, j'ai tenté d'imaginer.

Ivoire, pour la couleur.

Quant à la forme, cela ressemblait un peu à ces

petits bonbons hérissés de piquants. En moins pointu toutefois que les bonbons en question.

Sans odeur.

Au toucher, plutôt froid.

Pour la grosseur, assez petit pour tenir dans la main.

« Plutôt bizarre, dis-moi, commente Kiyomi en riant. Et demain, tu vas acheter à la gare ta fameuse boîte-repas ? »

Avant de quitter Kyôto, j'ai pour habitude d'acheter cette spécialité, jamais je n'y déroge. Dans le train, une fois que j'ai tout mangé, je considère intérieurement que j'ai fini de venir à Kyôto pour l'année. C'est un peu comme un rite, un rite qui me permet de retourner à Tôkyô.

Si je téléphonais à Tanji ? L'idée traverse mon esprit légèrement embrumé par l'alcool.

Kiyomi et moi nous séparons sans aller boire ailleurs. Son enfant va à l'école. Dépêche-toi de te marier ! me dit-elle parfois, comme si elle y pensait toujours. Mais je comprends bien à son intonation qu'elle n'y croit plus vraiment.

Le lendemain, tandis que je regardais les étalages à la gare de Kyôto, un peu avant midi, quelqu'un m'a tapoté l'épaule.

« Tanji ! »

Voulant dissimuler ma surprise, j'avais pris un ton artificiel.

Nous nous étions vus la veille, mais l'expression qui se lisait sur son visage laissait penser que notre rencontre remontait à loin.

« Ah, tu achètes de quoi manger dans le train ?

— Oui.

— C'est vrai que toi, Kinu, tu aimes depuis toujours acheter de quoi manger à la gare ! »

J'ai failli laisser tomber mon sac en entendant ainsi prononcer mon prénom. Pendant la brève période où nous avions été amants, c'est de cette façon qu'il m'appelait, avec mon prénom tout court.

« Qu'est-ce qui se passe ?

— Je suis venu t'accompagner.

— Tu ne viens jamais d'habitude.

— Aujourd'hui, je suis venu. »

Tanji avait à la main un ticket de quai. Ça ne rimait à rien de rester plantés là, nous sommes allés sur le quai.

« Le train est à quelle heure ?

— Il y a encore un quart d'heure. »

A cause du bruit assourdissant des sifflets et des annonces, je ne pouvais pas entendre tout ce qu'il disait.

Lui qui trouvait absurde de rester planté là tout à l'heure, c'est exactement ce qu'il faisait à côté de moi.

« Qu'est-ce qu'il y a ? ai-je demandé encore une fois.

— Eh bien, je me dis qu'on pourrait peut-être, enfin, le temps a passé…

— Tu t'es dit ça tout d'un coup ?

— Oui, tout d'un coup. »

De nouveau, une sonnerie assourdissante.

Il semble désemparé. Lui qui a vécu jusqu'à ce jour sans prendre d'initiative, il ne sait pas quelle attitude adopter.

C'est la même chose pour moi.

Les quinze minutes se sont vite écoulées. Ses traits étaient crispés, comme s'il était sur le point de rire ou de pleurer. J'ai levé les yeux vers lui. La femme en moi, de la forme d'un petit bonbon pointu, froide comme l'ivoire, tremblait de tous ses membres. Un tremblement fragile comme la brise.

Le signal du départ a retenti. Lentement, je suis montée dans le train. Il ne m'a pas arrêtée.

A travers la vitre, j'ai vu le quai s'éloigner progressivement. Tanji suivait le train du regard, les yeux exorbités.

S'il ne m'avait pas retenue, c'était sûrement une bonne chose. Nous avions quand même attendu le dix-septième anniversaire de la mort de son frère ! Cela ne nous ressemblait pas de nous précipiter.

Brusquement, j'ai senti que j'avais faim. C'est alors que je me suis aperçue que j'avais oublié d'acheter mon fameux *ekiben* habituel. Pour la première fois en dix-sept ans, je regagnais Tôkyô sans avoir acheté de quoi manger dans le train.

Etait-ce le mont Ibuki dont j'apercevais le beau bleu profond ? Vraiment, le Japon est couvert de montagnes ! ai-je murmuré pour moi seule. En même temps, j'ai senti les larmes rouler sur mes joues. Je les ai essuyées sans douceur du revers de la main.

Haniwa

Le regret arrive aussi brusquement qu'une averse. Comme la pluie torrentielle en été.

Dans mon cas, par exemple, quand j'émince au couteau un radis noir en fines lamelles, c'est le moment le plus risqué.

Ou encore, quand je monte un escalier dans une gare. Il ne s'agit même pas d'une gare éloignée de chez moi, non, ça me prend dans l'escalier de la gare près de chez moi.

Quand je mets le linge à sécher aussi, le danger me guette.

Je suis pourtant tout entière à ce que je fais, mais le cœur ne suit pas. « C'est trop tard, je ne peux plus rien changer, mais… », c'est alors que je suis assaillie par un puissant regret.

Dans la mesure où je suis déjà avancée dans la vie, il y a forcément des tas de choses que je regrette.

Tiens, hier, la vieille dame de la maison voisine, les Sugaya, qui ne cesse de se vanter du fait que quand elle était jeune, elle était l'actrice vedette de la compagnie Daiei et qu'elle a tourné avec Hasegawa Kazuo ou Ichikawa Raizo, etc., je l'ai interrompue. La vieille dame est bien trop désarmante pour qu'on la coupe quand elle ressasse ces histoires. Elle ne disait du mal de personne, j'aurais dû l'écouter jusqu'au bout, mais il fallait que je retire de l'argent à la poste, je ne me sentais pas tranquille.

Il y a trois ans, lors d'une rencontre, j'ai donné un avis contraire à celui de Sekigawa. Je savais pertinemment qu'en le contredisant, la rencontre risquait de durer deux fois plus longtemps car il s'efforcerait au maximum d'avoir le dessus, mais je n'ai pas pu m'en empêcher, je l'ai pris à contrepied. Ça encore, ça pouvait aller, mais la discussion s'est éternisée et Kayama qui devait se rendre à l'hôpital au chevet de son grand-père n'a pas pu assister à ses derniers moments.

Le vieillard qui allait bien encore une semaine plus tôt avait vu son état s'aggraver brusquement au cours du week-end, et on avait dû l'hospitaliser.

Il y a cinq ans…

Non, aligner ainsi les regrets est une entreprise stérile.

Est-il besoin d'ajouter que les regrets de ce genre sont innombrables.

Mais aucun de ces regrets n'est assez puissant pour tenter de s'échapper du plus profond de ma conscience. Contrairement à celui dont je devrai toute ma vie porter le poids.

Le regret le plus intense de ma vie. Le regret que mon fils soit gay.

Etre ou non homosexuel est une orientation fixée à la naissance, sans le moindre rapport avec le milieu ou l'éducation.

Je connais parfaitement l'existence de cette thèse.

J'espère être en droit d'affirmer que je n'ai pas la moindre intention d'établir une barrière entre les homosexuels et les autres.

Je ne pense pas non plus que les rapports hétérosexuels soient les meilleurs liens qui puissent exister entre deux êtres humains.

Mon fils Shûzô avait déclaré son penchant (quelque temps après avoir commencé à travailler, il s'était enfin décidé), il s'était confié à moi. Il lui avait certainement fallu une bonne dose de courage pour cela. Sans doute se doutait-il plus ou moins que j'avais des soupçons. Il est très attaché à moi et son aveu n'a en rien changé mon amour pour lui.

Donc, qu'est-ce que ça peut faire, qu'il soit ou non homosexuel ?

Combien de fois me le suis-je répété ?

Oui. Cela n'a aucune importance pour moi. En plus, Shûzô semble fréquenter quelqu'un. Plutôt que de se forcer à fréquenter une fille et finir par se marier, il doit être plus heureux avec son amant.

Pourtant, je ne peux pas me retenir d'avoir des regrets.

Quelque chose en moi m'empêche d'être véritablement convaincue que ma façon de l'élever n'est pas à l'origine de son penchant.

Shûzô et moi nous voyons au minimum quatre fois par an.

« Vous en avez de la chance d'avoir un fils qui vient régulièrement vous voir », me dit souvent madame Sugaya. Les Sugaya ont un fils et une fille, tous les deux étudiants à Tôkyô, et ils ne reviennent que rarement chez leurs parents.

« J'imagine que votre fils vous régale quand vous allez à Tôkyô. Je sais qu'il travaille dans une entreprise de premier ordre, vraiment, je vous envie ! »

Quand madame Sugaya se met à bavarder de la sorte, la vieille dame n'est pas longue à se montrer pour se mêler à la conversation.

« C'est bien pour ça que j'ai mis en garde madame Wakao, elle n'aurait pas dû garder ses distances ! »

Elle apporte son grain de sel sans complexe.

Madame Wakao, ce n'est ni plus ni moins que l'actrice Wakao Ayako. Il paraît qu'elles sont du même âge.

« Je suppose que le mariage de votre fils va bientôt se décider ? » demande madame Sugaya, brûlante de curiosité, sans se préoccuper le moins du monde de la vieille dame.

« Euh, oui », dis-je avec un sourire.

Si nous vivions dans un endroit moins exposé aux regards de l'entourage, un environnement où personne ne connaîtrait Shûzô, où le fait qu'il soit gay, loup-garou, ou Superman, laisserait tout le monde indifférent, je serais peut-être moins à cran, moins crispée.

Mais ce n'est pas le cas.

C'est une terre où tout le monde se connaît, dans

les moindres détails. Une terre qui protège les tombes des ancêtres. Une terre où les enterrements, les réunions… où les femmes ont la main sur tout.

Je suis née ici, j'y ai grandi, je sais sur le bout des doigts ce qui se fait ou ne se fait pas. Mais Shûzô ?

La semaine prochaine, je vais à Tôkyô.

Shûzô m'a réservé une chambre.

Nous devons dîner dans un restaurant de cuisine japonaise à Kagurazaka.

Deux fois par an, il m'invite à Tôkyô. Pour la fête des morts et au Jour de l'an, il rentre à la maison.

Mon mari est mort il y a cinq ans. Depuis, Shûzô n'a jamais manqué de m'envoyer de l'argent.

Quand j'y pense, non, vraiment, c'est un enfant adorable !

S'il n'était pas gay, ferait-il autant preuve d'attentions à mon égard ?

« Tu ne crois pas que tu en demandes trop ? » dirait-il sûrement.

De loin, je l'ai tout de suite reconnu.

« Salut ! » a-t-il dit en levant la main, d'un air gêné.

Moi aussi, j'ai dit : « Salut ! »

Nous sommes sortis de la gare Iidabashi et nous avons commencé à marcher l'un à côté de l'autre. Après avoir continué un peu sur la rue qui monte, nous avons tourné à gauche.

« Il paraît que ce quartier de Kagurazaka ressemble un peu à Paris… » ai-je dit.

Shûzô a hoché la tête.

« Maintenant que tu le dis, oui, en effet, c'est bien possible.

— J'ai lu ça dans le journal. Je me suis dit que ça me ferait plaisir d'y venir une fois…

— Tant mieux, je suis bien content moi aussi ! »

Nous avons toujours un peu de mal à nous parler de façon naturelle.

Le repas était délicieux. Les plats étaient copieux, si bien que je n'ai pas pu tout manger.

« Je suis désolée », ai-je dit pour m'excuser, et Shûzô en a profité pour dévorer ce que j'avais laissé.

« J'y ai gagné ! » a-t-il dit en riant.

J'ai failli y aller de ma larme, devant ce garçon presque trop parfait.

Je n'ai pas pleuré, bien sûr. En revanche, j'ai parlé des Sugaya.

« Il paraît que la vieille dame a joué une fois dans la même scène que Wakao Ayako, elle aime bien s'en vanter, mais dans les derniers temps, elles étaient devenues rivales. Wakao Ayako luttait farouchement pour être la meilleure actrice, tu te rends compte, ha, ha, ha ! » ai-je expliqué en imitant le ton courroucé de la vieille dame. Le cuisinier debout derrière le comptoir a ri, Shûzô aussi.

Bientôt, il s'est levé. Je n'ai compris qu'après coup qu'il avait dû régler l'addition discrètement.

D'année en année, il mûrit. Lui qui était si petit.

J'évoque parfois le temps où Shûzô était enfant.

Il était élégant. La première fois qu'il a porté attention à sa tenue, c'était pour les pantalons.

A cette époque, l'habitude voulait que les garçons de son âge portent des culottes qui s'arrêtaient aux cuisses. Je ne sais pas ce qu'il en était à Tôkyô, mais des pantalons arrivant sous le genou, comme c'est devenu la norme maintenant, étaient introuvables dans la région.

« Dis, maman, fais-moi un pantalon comme ça, s'il te plaît » a-t-il demandé un beau jour, en me montrant un magazine de couture destiné aux filles. C'était un magazine qui contenait le patron et les explications pour coudre le vêtement porté par le mannequin.

« Ce pantalon de gaucho ! » Et il pointait le doigt sur un pantalon très ample.

« Tu ne crois pas que c'est un peu long ? Et puis, on dirait une jupe plutôt.

— Mais moi, je veux un pantalon comme ça ! »

Il insistait.

Je me suis dit qu'il avait des envies bizarres, mais il avait l'air si résolu que j'ai décidé de lui coudre ce qu'il voulait. Il faut dire que c'était un enfant qui ne demandait jamais rien.

Quand il a vu le pantalon que j'avais fini de coudre, il a eu une mine triste. Le patron était large à l'entrejambe, mais je m'étais dit qu'il était impossible qu'un garçon porte un pantalon aussi long, si bien que je l'avais raccourci à ma guise.

« C'est drôlement court, a dit seulement Shûzô.

— Essaie-le ! Je suis sûre qu'il t'ira très bien. »

J'avais parlé d'un ton joyeux. Lui, docile, l'a enfilé.

« Merci », a-t-il dit, tandis qu'il le retirait.

Ce pantalon, il ne l'a porté que deux fois.

Arrivé à la fin de l'école primaire, il s'est acheté avec l'argent de ses étrennes qu'il avait économisé un pantalon long comme ceux que portaient les adultes. Une fois entré au collège, il choisissait lui-même ses vêtements.

Ils étaient tous d'une coupe nette et simple, ses goûts se devinaient au premier coup d'œil, jamais d'imprimés ni de personnages reconnaissables, en général des couleurs unies, des tissus souples…

Cela me rappelle que moi aussi, autrefois, je me préoccupais de ma tenue, je cherchais à être élégante.

Même après mon mariage, je continuais à acheter du tissu et je cousais moi-même les vêtements qui me plaisaient. Ceux de mon fils aussi, c'est moi qui les confectionnais. Si je m'étais contentée de respecter exactement le patron, ses culottes de garçon auraient vraiment été sans élégance. Mais je dessinais mes propres patrons à ma fantaisie et n'importe qui était à même de se rendre compte que ce n'était pas le pantalon du premier venu.

Mais un beau jour, tout d'un coup, j'ai perdu tout intérêt pour l'élégance.

Il est possible que cela ait correspondu à la prise de conscience que mon fils n'était pas comme les autres.

Peut-être n'aurais-je pas dû lui coudre un pantalon aussi original ?

Ou lui faire porter des chemises de lin ?

Ce genre de questions avait fini par m'obséder.

Quand il est entré au lycée, j'ai poussé un soupir de soulagement, pour la première fois depuis longtemps. C'était en effet un lycée réputé, un établissement de premier ordre, réservé aux garçons. J'espérais que sa masculinité s'affirmerait.

Mais l'expérience s'est soldée par un échec.

Ses condisciples se destinaient tous aux grandes écoles et consacraient tout leur temps à la préparation aux examens, aux concours et autres, tandis que lui restait seul à faire des dessins. Il lui arrivait même de coudre à la machine des petites choses. Il faisait de la broderie, du tricot aussi. Tout était de bon goût.

« Tu ne crois pas que ça pourrait se vendre ? » ai-je dit un jour. Il a presque sauté de joie.

« Maman, il y avait longtemps que tu ne m'avais pas fait un compliment ! »

J'étais attendrie. Mais décidément, je n'étais pas prête à l'accepter tel qu'il était.

Et le voilà qui m'avouait qu'il était gay.

Je me suis sentie plutôt soulagée.

Je me doutais bien qu'il y avait quelque chose, mais je n'avais pas la moindre idée de ce que cela pouvait être.

Pendant un certain temps, je n'ai pas su quelle conduite adopter, mais bientôt, je me suis faite à cette idée.

Notre inquiétude prend des proportions démesurées s'il est impossible de mettre un nom sur ce qui nous préoccupe. Mais cette vague inquiétude avait revêtu une forme précise, mon fils était gay, voilà.

Quand nous sommes sortis du restaurant de Kagurazaka, Shûzô m'a proposé d'aller prendre un verre dans un bar.

« Je ne pourrais pas boire un verre de plus ! »

Pendant le dîner, je n'avais bu que deux coupelles de saké.

« Mais tu sais, ils ont des cocktails sans alcool. » En même temps, il m'avait devancée et marchait sans ralentir le pas.

Il faisait sombre dans le bar. La gêne qui régnait entre nous n'avait pas complètement disparu.

« Dis donc, je n'imaginais pas que tu connaissais des endroits de ce genre », ai-je dit après avoir lancé des regards autour de nous.

Nous étions assis l'un à côté de l'autre.

« Il m'arrive d'y aller pour mon travail, tu sais.

— Ici aussi, c'est pour le travail ?

— Non, ici, c'est seulement avec des amis. »

J'ai bien pris garde de ne pas m'appesantir sur ce mot d'*amis*. Ce mot qui révélait des rapports amicaux mais pouvait aussi bien désigner des rapports amoureux. Mon imagination ne m'évoquait rien, d'ailleurs je ne tenais pas à imaginer quoi que ce soit.

Mais Shûzô s'est mis à parler de son ami, sans la moindre réticence.

« Figure-toi qu'il y avait à l'université, dans la même promotion que moi, une fille complètement idiote… » Et il a commencé à me parler de cette fille stupide, comme si cela l'amusait vraiment.

« Elle était obsédée par un garçon, elle n'arrivait pas à se reprendre, elle ne pouvait pas penser à autre chose…

— Comment s'appelait-elle, cette fille ?

— Anko. »

Je n'ai pas pu m'empêcher de dire que ce nom mettait l'eau à la bouche, ce qui a fait rire Shûzô. Oui, mais pas de la pâte de haricots sucrée surfine, non, du bon marché, celle-là !

« Au fait, tu sais que j'ai toujours le pantalon ample que tu m'avais cousu ? » a laissé tomber Shûzô, l'air de rien. Je n'ai pas caché ma surprise.

« Toi aussi, maman, tu étais élégante, non ? Et moi, j'en étais fier. Tu es jeune encore, à mon avis tu devrais te préoccuper davantage de ce que tu portes. Sinon, ce serait du pur gâchis ! »

Il a ajouté qu'il aimait mon style de coiffure. Quand il était petit, j'avais les cheveux coupés à la Hepburn et permanentés, ils faisaient des boucles. J'avais des ballerines Sabrina (dans la région, on ne vendait pas ce genre de chaussures et j'avais eu un mal fou à en trouver), je les avais cousues moi-même. Je portais un chemisier ajusté noir ou un pull. Comme parure, une broche qui représentait un soleil, en argent terni.

Ce n'était pas la mode de l'époque, mais je n'étais pas peu fière à l'idée que cette tenue originale m'allait bien.

« Je dois reconnaître que je ne voulais pas m'habiller comme les autres ! »

Je n'aurais su dire depuis quand j'avais ce désir enfoui au fond de moi-même.

A cause de ce regret d'avoir élevé mon fils d'une façon différente des autres garçons.

« Si tu voulais, tu pourrais encore avoir du style, crois-moi ! »

J'ai pris un cocktail, lui a bu deux whiskies, et nous avons quitté le bar. Je n'avais presque pas bu, mais je me sentais grise. Je me suis dit que j'avalerais une bière quand j'aurais regagné mon hôtel. Je suis par nature capable de supporter l'alcool.

Shûzô m'a déposée à l'hôtel.

La dernière fois, maman, j'ai passé un très bon moment. On dînera ensemble prochainement ?

Il m'a envoyé ce mail sur mon portable.

Cette fois, madame Sugatani est devenue la rivale de Kyô Machiko. Porte-toi bien. Ne travaille pas trop. Je me suis fait couper les cheveux.

Au moment de terminer mon message, j'ai voulu utiliser un émoji, j'ai hésité. Depuis que je communiquais avec les dames du club municipal de danse hawaïenne, j'étais devenue capable de me servir des émojis.

Après quelques hésitations, je me suis finalement décidée pour un *haniwa.* Il y avait beaucoup d'autres émojis, tous plus mignons les uns que les autres, mais j'aime particulièrement le *haniwa* qui ouvre une bouche toute ronde, avec sa main levée. Cette figure met mal à l'aise les dames du club.

Merci pour tout.

J'ai terminé par ces mots, et j'ai tapé à la suite trois émojis, trois petits *haniwa.*

Ils avaient l'air un peu bêtes, ces trois petits personnages côte à côte. Shûzô me ressemble par bien des côtés. Les *haniwa* semblaient m'adresser la parole.

J'ai appuyé légèrement sur la touche d'envoi. Le message est resté quelques instants de mon côté, avant d'aller rejoindre Shûzô silencieusement.

Le concert de Noël

Il y a une chose que j'ai toujours tenue secrète.

Jamais je n'ai cru au père Noël.

La première fois que j'ai entendu parler du père Noël, c'est à l'époque du jardin d'enfants. Quand Noël approchait, tout particulièrement les plus âgés, filles et garçons confondus, les enfants devenaient fébriles, ne tenaient pas en place.

« Moi, j'ai écrit une lettre !

— Tu crois ? Ça suffit pas de faire une prière ?

— Je sais pas. Mais maman a dit que c'était bien d'écrire une lettre ! »

A bien y penser, la façon de parler des enfants qui n'avaient pas plus de cinq ou six ans laissait peut-être à désirer, mais leur conversation où il était question d'une lettre au père Noël était d'une naïveté simple et charmante.

Seulement moi, je n'arrivais pas à me mettre au diapason, je me sentais mal à l'aise.

Le père Noël.

Pour commencer, je trouvais que le mot sonnait d'une façon louche.

Il distribuait des cadeaux à tous les enfants du monde, mais moi, je pensais simplement que ce n'était pas possible.

Je n'aimais pas non plus qu'il limite ses visites aux maisons où les enfants étaient sages.

Ce que je détestais par-dessus tout, c'était cette atmosphère à laquelle je ne pouvais pas participer, cette ambiance douteuse qui entourait le père Noël d'un halo de rêve.

Il faut dire que j'étais une enfant dénuée de rêves.

Enfant, je n'avais pas de rêves, j'ai continué sur la même voie, pour finalement devenir une adulte sans illusions.

Maintenant, j'ai vingt ans.

Je n'ai pas d'amoureux. Comme je veux devenir fonctionnaire quand j'aurai quitté l'université, j'étudie quotidiennement trois heures dans ce but. Mes goûts se limitent au violon.

« Vraiment, j'ai comme de l'admiration pour toi ! » m'a déclaré Ibuki l'autre jour.

On dit souvent que je suis « remarquable », ou « sérieuse à cent pour cent ». Ce n'est pas du tout l'image que j'ai de moi, mais il est vrai que si on me compare aux autres, ces adjectifs peuvent s'appliquer à moi. Ce qui fait que j'aurais aussi bien pu laisser passer ce que disait Ibuki sans m'y arrêter.

Seulement voilà, sans que je puisse me l'expliquer, j'ai pris la mouche et répliqué froidement :

« Je ne vois pas pourquoi. »

Ibuki est membre de l'orchestre de l'université. Il joue du violoncelle. Son rêve, car lui, il en a un, c'est d'aller un jour en Europe et de prendre, ne serait-ce qu'une fois, une leçon auprès d'un de ses violoncellistes préférés.

Oui, Ibuki, contrairement à moi, est un garçon qui nourrit des rêves.

« Dis-moi, Sakagami, tu ne serais pas amoureuse d'Ibuki, par hasard ? m'a demandé Chie l'autre jour.

— Hein ? »

C'est ce que j'ai répondu le plus naturellement du monde.

« Je dis ça, parce que tu es toujours après lui !

— Je n'ai pourtant pas l'impression de me comporter comme une gamine du primaire !

— Ah bon ? Dommage ! »

Depuis environ un an, Chie est amoureuse de Hanmura. Hanmura, Chie, Ibuki et moi formons un quatuor à cordes. Ce qui explique que nous faisons beaucoup de choses ensemble.

« Ibuki est un super beau gosse » a dit Chie en fixant son regard sur moi.

— C'est vrai. »

Il travaille aussi comme mannequin. Il a de très longues jambes. Mince, pas un gramme de graisse. Un caractère facile, de bonnes notes, à ce qu'il paraît. Intelligent. Il devrait être la coqueluche de toutes les filles, mais il ne fréquente personne en particulier et fait toujours tout avec nous.

« C'est incompréhensible.

— Est-ce qu'il serait gay ?
— Avec des vues sur Hanmura ?
— Non, ce n'est pas ça.
— Ce n'est pas ça ! »

Nous avons parlé en même temps, ce qui nous a fait rire.

« Si j'ai un bon conseil à te donner, c'est de sortir avec Ibuki », a déclaré Chie. Seulement moi, cette idée ne me disait absolument rien. C'était sans doute la même chose pour lui. C'est le genre de choses qu'on devine.

Je marchais sur le chemin qui longeait le lac. L'orchestre se réunissait tous les ans à l'automne dans cette petite auberge au bord de l'eau.

Ce n'était pas seulement notre quatuor, les autres membres de l'orchestre venaient aussi. Ce n'était que le deuxième jour mais j'étais morte de fatigue.

« On passe un bon moment, pas vrai ? »

J'avais profité d'une pause pour éviter les autres et marcher au bord du lac, mais Ibuki m'avait rattrapée.

« Non, pas particulièrement.
— Ah bon ? Mais tu ne trouves pas que c'est beau de donner naissance tous ensemble à un morceau de musique ?
— C'est possible, tant mieux pour toi. »

J'avais répondu d'une voix sans vie. Sans rien remarquer, il me suivait en sifflotant.

« Je vais de ce côté.
— Alors, moi aussi.
— Dans ces conditions, je prends par là.

— Alors, moi aussi. »

Ibuki semblait ne pas vouloir me lâcher d'une semelle. Moi, la mine boudeuse, j'ai continué à marcher le long du lac. Le vent était froid. Les feuilles tombaient. Les yachts arrimés se balançaient au gré des vaguelettes.

« Ce sera bientôt Noël, a dit Ibuki en levant les yeux vers les montagnes. Figure-toi que je crois encore un tout petit peu au père Noël, moi ! »

J'ai gardé le silence. Il n'a pas bronché.

« Dis, tu ne voudrais pas aller quelque part pour Noël ? » a-t-il demandé. Entre deux sifflotements.

« Non, ça ne me dit rien », ai-je répondu d'un ton bref en accélérant le pas.

Tout de suite après, Ibuki s'est mis à fréquenter une fille. Il l'a quittée au bout d'un an, en a pris une autre, puis encore une autre, et à force, personne ne comprenait plus avec quelle fille il sortait, il a même fini par avoir plusieurs histoires à la fois.

Mais ça ne l'empêchait pas de continuer ses activités au sein de notre quatuor.

« L'orchestre, c'est trop de boulot, mais… »

Tout en disant cela, il étudiait sa partition au violoncelle.

« Dis-moi, comment fais-tu pour sortir avec des tas de filles ? demandait de temps en temps Chie.

— Je ne sais pas, mais les filles ont des rêves, et c'est ça que j'aime, moi !

— Quoi ? » Chie et moi avons eu la même réaction. Hanmura riait.

En quatrième année, notre quatuor s'est dissous.

« Quand on aura fini de chercher du travail, dès qu'on aura du temps libre, on jouera de nouveau, hein ? »

Hanmura et Ibuki étaient d'accord, mais en définitive, le quatuor ne s'est pas reformé. Pour la simple raison que Hanmura et Chie se sont séparés.

Après l'université, le temps a filé à une allure vertigineuse.

Ibuki est entré dans une banque, Chie dans une petite maison d'édition, moi, comme prévu, je suis devenue fonctionnaire.

Nous nous retrouvions de temps en temps tous les trois, sans Hanmura. La plupart du temps, Chie arrivait en retard.

« Vraiment, il faut être solide quand on travaille dans l'édition », disait Chie en nous rejoignant dans le deuxième endroit où nous prenions un nouveau verre.

Même s'il travaillait dans une banque, Ibuki n'avait pas oublié ses rêves. Les jours de congé, il était à la tête d'une équipe de boy-scouts, dès qu'il entendait parler d'un éboulement de terrain quelque part, d'une inondation ou d'un incendie, il se précipitait pour apporter son aide. Son activité comme bénévole ne l'empêchait pas de continuer à pratiquer le violoncelle.

« Tu sors avec combien de filles en ce moment ? »

Un jour, l'idée de lui poser cette question m'est venue à l'esprit.

Il a froncé les sourcils.

« Je ne sais pas mais je n'ai plus le temps, alors j'ai renoncé !

— Mais tu ne disais pas que tu aimais les filles parce qu'elles avaient des rêves ?

— Non, les rêves des autres, ça ne sert à rien... »

Vraiment, je n'arrivais pas à comprendre Ibuki. Tout en me faisant cette réflexion, je l'ai regardé un long moment.

Il n'avait pas changé, c'était toujours un beau garçon à la mine irréprochable, qui faisait bonne impression.

« Dis, tu ne voudrais pas qu'on interprète un morceau pour violon et violoncelle ? »

Je crois me rappeler qu'il m'a fait cette proposition environ cinq ans après notre entrée dans la vie active.

Je n'avais aucune raison de refuser.

Deux fois par mois, j'allais donc chez Ibuki. Il habitait encore chez ses parents, une belle maison traditionnelle, avec un étage et un grand jardin. Contrairement à ce que j'avais imaginé, sa chambre était sans charme, seules une bibliothèque et une petite table meublaient les huit tatamis de cette pièce vieillotte.

« Il n'y a aucune décoration, dis donc, pas le moindre tableau ou objet », ai-je remarqué.

Il a hoché la tête, en m'expliquant :

« C'est plus simple quand il n'y a rien. »

Je pensais que la chambre d'un garçon habité par des rêves devait être remplie d'objets de décoration, mais c'était un pur préjugé, et j'aurais eu bien du mal à justifier cette idée sans fondement.

« C'est plus simple, tu trouves ? »

Je l'ai dévisagé. J'ai eu l'impression qu'il avait froid.

Le duo que nous formions avait une qualité dont je ne m'étais pas doutée.

Nous ne jouions pas devant un public, nous interprétions les morceaux seulement pour nous, et nous éprouvions un plaisir intense. Notre répertoire s'est enrichi, passant de deux à cinq, puis dix morceaux.

Sans nous en rendre compte, nous avons dépassé la trentaine. Ibuki, Chie et moi étions sur le point d'atteindre un niveau honorable dans notre travail.

Quand il nous arrivait parfois de nous retrouver, immanquablement la réunion se transformait en « rouspétances et grognements ». On commençait toujours par critiquer les supérieurs hiérarchiques. Puis on dénigrait les collègues plus jeunes. Ensuite, on s'en prenait à l'entourage professionnel. Pour finir, on se plaignait de nos relations amoureuses.

« Toi, tu es vraiment pleine de vitalité ! a dit Ibuki d'un air admiratif.

— Mais toi aussi, tu as plein de rêves ! » ai-je répondu.

Il a secoué la tête.

« Des rêves ? Qu'est-ce que tu veux dire ?

— Mais tu vas de l'avant, non ? Tu fais du bénévolat, tu fréquentes un tas de filles, et puis, tu crois au père Noël... »

Ibuki a eu l'air ahuri.

« Parce que le bénévolat, les filles, le père Noël, tout ça, c'est des rêves, d'après toi ? »

Je suis restée muette. Je me rendais compte à présent qu'il avait peut-être raison.

Un rêve, qu'est-ce que c'est, au fond ? Quand on y pense, c'est un bien drôle de mot.

Chie qui était restée à écouter notre échange sans rien dire a laissé tomber tout d'un coup :

« Ibuki et toi, Sakagami, vous vous ressemblez. On ne le dirait pas, mais… »

Ce soir-là, nous avons bu dans quatre endroits différents, et le lendemain, une formidable gueule de bois a fait ses ravages.

Malgré tout, je reste persuadée qu'Ibuki est un homme habité par des rêves.

Pour commencer, il croit au père Noël, alors…

Ibuki et moi avons organisé un petit concert pour le réveillon de Noël. Sans public toutefois. Dans sa chambre, en habits de fête, lui et moi avons donné un concert rien que pour nous deux.

Il n'y avait pas d'auditoire, mais exactement comme si nous avions joué devant une salle comble, nous avons même répondu aux bis réclamés par le public.

Pour finir, Ibuki et moi avons échangé une vigoureuse poignée de main.

Tonnerre d'applaudissements. Bien que nous n'entendions rien, nous étions dans un état proche de la félicité.

« Dis, Sakagami, puisque c'est Noël, tu ne voudrais pas aller quelque part ? »

Ibuki qui s'était retiré dans notre loge (en réalité, le couloir) après les rappels, a fait cette proposition.

« Mais tu sais, moi, Noël, je ne sais pas comment on fête ça...

— Parce que tu n'as jamais cru au père Noël ? »

En même temps, il a fixé les yeux sur moi. Intérieurement, je me suis dit qu'il avait toujours d'aussi jolis traits. Mais il m'a semblé qu'il était légèrement dégarni.

« Figure-toi que je suis amoureux de toi depuis toujours. Tu le savais ?

— Quoi ? »

J'ai avalé ma salive, tout en le dévisageant.

« Mais depuis quand ? » J'étais ahurie, je voulais lui faire préciser.

« Depuis le début.

— Hein ? »

Encore une fois, j'ai avalé ma salive. Ce n'est pas possible !

« C'est que tu as la tête dure ! »

Nous avons déambulé dans les rues pleines d'effervescence en cette veille de Noël et nous avons dîné. Dans un restaurant de viande grillée, nous avons bu de la bière et une petite bouteille de Hoppy. Ainsi qu'un verre de vin chacun.

Les rues retentissaient de chants de Noël.

Ibuki et moi avons fini par nous marier. Nous avons deux enfants. Les enfants reçoivent des cadeaux du père Noël. J'ai demandé l'autre jour à Yuri, ma fille aînée qui va entrer à l'école primaire :

« Qu'est-ce que tu penses du père Noël ? »

Elle a réfléchi quelques instants avant de répondre :

« Je trouve que c'est une jolie histoire. Comment dire, c'est sympa ! »

Chie a éclaté de rire quand je lui ai raconté.

« Tu vois, Sakagami, c'est justement toi qui t'entêtais à ne pas croire au père Noël qui es une femme pleine de rêves, c'est ce que je me suis toujours dit ! »

Depuis, Ibuki s'est encore dégarni. Et moi, je l'aime bien comme ça.

Le voyage gratuit

J'ai toujours envié Sakagami.

Pourquoi ? Tout simplement parce qu'elle est mignonne, *kawaii*.

Je ne parle pas de son aspect physique.

Elle a les cheveux retenus simplement par un élastique noir bien serré, elle s'habille plutôt comme une mémé, elle n'a pas vraiment de conversation, elle a des traits plutôt ordinaires. Mais décidément Sakagami est mignonne.

Je l'ai rencontrée quand je suis devenue étudiante. Je faisais partie du même orchestre, et je me suis retrouvée par hasard à côté d'elle lors de la première soirée. A partir de ce moment, quand j'avais du temps, je la retrouvais et nous accordions notre jeu, nous nous amusions aussi à faire des arrangements de morceaux de musique pop.

Au début, je ne me suis pas rendu compte du charme qu'elle dégageait. C'était une fille sympa, facile à vivre. Mon jugement n'allait pas plus loin.

A partir de la deuxième année, après avoir

commencé à sortir avec Hanmura Takeru, j'ai pris conscience pour la première fois du charme de Sakagami. Tout bonnement parce que Takeru se préoccupait d'elle exagérément.

« Tu ne serais pas tout simplement amoureux d'elle ? » ai-je demandé. C'était un peu bizarre d'être aussi directe, mais j'ai comme trait de caractère (qualité ou défaut, c'est selon) de dire les choses sans détour.

La réponse de Takeru ne s'est pas fait attendre : « N'importe quoi ! »

J'ai continué à surveiller Takeru, mais incontestablement, il ne faisait jamais d'avances à Sakagami. Pourtant, cela sautait aux yeux qu'il n'oubliait jamais son existence.

C'était particulièrement flagrant lorsque nous jouions ensemble tous les quatre. Les sons qui émanaient de la contrebasse de Takeru révélaient clairement son attitude. J'étais chargée de la viole, Ibuki du violoncelle, Sakagami du violon, mais il ne faisait pas de doute que la contrebasse suivait fidèlement les sonorités du violon. Sans exception, toujours.

Nous formions un quatuor. C'est Takeru qui en avait lancé l'idée et l'avait mise en œuvre.

Au sein de l'orchestre, notre quatuor avait fière réputation. A chaque fois que nous répétions ensemble, mon cœur souffrait.

J'ai quitté Takeru au bout d'un an et demi environ.

J'avais décidé de déterminer ce que Sakagami avait de si séduisant. Je le répète, qualité ou défaut, je suis franche et optimiste.

« Ibuki, qu'est-ce que tu aimes chez Sakagami ? »

Je m'étais risquée à poser la question.

Depuis longtemps, l'amour d'Ibuki n'était pas un amour partagé. Beau garçon, bon caractère, conversation intéressante, lui qui ne laissait pourtant rien à désirer était incapable de se déclarer à Sakagami.

« Mais comment sais-tu que je suis amoureux ? a-t-il dit d'un air étonné.

— Parce que tu avais l'intention de le dissimuler peut-être ?

— Sakagami en tout cas ne se doute de rien.

— On peut le dire comme ça, mais tu sais, elle ne devinera jamais, même au bout de cent ans ! »

Il a soupiré. Le fait que Sakagami ne soit pas d'une nature à deviner qu'on l'aime n'est sans doute pas étranger à son charme. Je l'ai noté discrètement dans mon carnet du cœur.

Première raison : être dénuée d'intuition.

Ibuki a secoué la tête. Il donnait l'impression de ne pas savoir du tout pour quelle raison il aimait Sakagami. Car enfin, elle n'était pas spécialement jolie, ni élégante, et n'avait pas l'air de se soucier le moins du monde de lui.

« Comment dire, il y a chez Sakagami quelque chose qui fait que j'ai envie de m'occuper d'elle… » a-t-il murmuré enfin.

Deuxième raison : avoir un genre qui donne envie aux garçons d'être aux petits soins pour vous.

Voilà ce que j'ai noté dans mon carnet du cœur.

Les mots que je notais dans ce carnet se faisaient insensiblement plus nombreux.

L'air absent parfois. Apparemment sûre d'elle, en réalité vulnérable. Sait écouter les autres. N'est pas pesante. Mais sait se faire un peu pesante.

J'ai étudié le charme mystérieux de Sakagami sous plusieurs angles, avec la même attention minutieuse qu'un policier en quête d'indices sur les lieux d'un crime, et ce qui est apparu comme une preuve décisive, enfin, disons plutôt un élément déterminant de son charme, c'est qu'elle était *indécise, toujours dans le vague*.

J'ai réfléchi. Floue. A l'opposé de moi.

Mon côté direct était ce qui faisait obstacle à mon désir d'être mignonne. Ai-je besoin de préciser que je connaissais parfaitement le problème dès le début ? Dans les romans, les mangas ou les drames télévisés qui pullulent autour de nous, les filles mignonnes sont immanquablement des êtres qui ne portent pas de jugement, ne décident rien.

Douces, spontanées et maladroites, mignonnes justement à cause de ça, ce genre de filles existe, mais ça ne court pas les rues.

Mensonge ! Même en étant franche et directe, au bout du compte, une femme ne doit jamais dire la vérité.

Voilà ce que m'apprenait fièrement le carnet du cœur.

Après ma sortie de l'université, j'ai travaillé dans une petite maison d'édition. Après mes trente ans, je suis devenue indépendante, et je menais une vie consacrée au travail.

J'ai été amoureuse plusieurs fois. Comme mon expérience avec Takeru m'avait servi de leçon, je me gardais bien de présenter Sakagami aux garçons que je fréquentais.

Quand on tombe amoureuse, alors que l'amour est censé durer toujours, les sentiments se refroidissent d'un jour à l'autre, et le garçon dont on ne pouvait pas se passer une seconde devient une présence plutôt encombrante, ce qui m'amenait chaque fois à déclarer sans ambages : « Séparons-nous ! »

Insensiblement, j'avais fini par ne plus m'intéresser à la fille « mignonne ». C'était normal dans la mesure où j'étais prise par mon travail, qui était beaucoup plus intéressant que m'amuser à parier finement sur des rapports amoureux.

Quand je suis tombée amoureuse pour la première fois depuis longtemps, j'allais sur mes quarante ans.

Ça craint ! ai-je tout de suite pensé.

C'était mon premier amour. Enfin, non, mais quand on tombe amoureux, on commet toujours l'erreur de s'imaginer que c'est la première fois. Seulement cette fois, c'était vrai.

(Avec lui, Keiji, même sans faire l'amour, je l'aimais.)

C'est ce que j'avais fini par penser.

Le simple fait d'être avec Keiji, de marcher à ses côtés, de vivre dans le même quartier et de respirer le même air, cela suffisait pour que je me sente heureuse.

Et peut-être que cet amour était pour la vie ? Je me prenais à nourrir cette illusion.

Pour la première fois depuis longtemps, je me suis souvenue de Sakagami. Et aussi de ce que j'avais noté dans le carnet du cœur.

J'ai essayé de toutes mes forces de me rappeler les nombreuses règles que j'avais consignées sur le papier. Dans l'intention de me faire aimer de Keiji le plus possible.

Mais ça n'a pas bien marché. Les notes du carnet étaient dans l'ensemble désuètes. Pour mon moi actuel.

Une fille toujours dans le vague.

Oui. Voilà la conclusion à laquelle j'étais parvenue, c'était l'élément central pour qu'une fille soit considérée comme mignonne. Pour mon moi d'alors.

(Non, ça n'allait pas, le côté flou, indécis, n'était pas le point principal. Pour commencer, ça ne touchait pas à l'essentiel de Sakagami. Ce qui faisait son charme était quelque chose de beaucoup plus profond.)

Maintenant, elle était mariée avec Ibuki et ils avaient deux enfants.

Je vais aller la voir, me suis-je dit.

« Alors, qu'est-ce que tu deviens ? »

C'est la question que j'ai posée à Sakagami.

Il ne se trouvera sans doute personne pour poser une question aussi abrupte. C'est le genre de question de celle qui cherche à savoir ce qu'une amie qu'elle n'a pas vue de longue date a dans le ventre.

Seulement moi, je n'avais pas pu demander autre chose. En vérité, Sakagami était toujours pareille à elle-même. Les cheveux retenus par un élastique noir, les vêtements dignes d'une mémé, et pourtant, elle était mignonne d'une éclatante façon.

J'étais sous le charme. Comparée à celle que j'avais imaginée avant de venir, la vraie Sakagami avait infiniment plus de charme.

« Qu'est-ce qui te prend, tout à coup ? » a-t-elle dit en riant. La petite Yuri qu'elle avait sur ses genoux a ri en même temps qu'elle.

« Je suis amoureuse », ai-je dit. Sans détour cette fois aussi.

« Voilà une bonne nouvelle ! » a-t-elle répondu en riant. La petite fille a ri aussi.

Moi, je me suis mise à parler de Keiji, longuement. Sakagami m'écoutait sans m'interrompre. C'était bien vrai, elle savait écouter.

J'ai parlé pendant deux heures. A trois reprises, elle m'a servi du thé. Yuri a commencé à jouer avec une petite fille du voisinage qui était arrivée. Elles s'amusaient à faire la cuisine, découpant sans se lasser à l'aide d'un couteau radis noir, navet, viande de porc, en faisant retentir la lame en plastique sur la planche.

« Le porc n'a pas l'air bien appétissant », ai-je dit à voix basse après avoir tout raconté, et Sakagami a souri.

« Peut-être, mais Yuri adore cette viande, va savoir pourquoi.

— Les enfants sont adorables !

— Toi aussi, Chie, tu es adorable !

— Moi, moi, je... »

S'il devait y avoir des degrés dans ce domaine, m'entendre dire par Sakagami qui était au niveau 8 de l'échelle que j'étais adorable, m'a fait balbutier.

« J'espère bien que tu me le présenteras, ton Keiji ! » a dit Sakagami. J'ai fait oui de la tête, mais intérieurement je me disais que jamais je ne le lui présenterais.

L'autre jour, nous sommes partis en voyage, Keiji et moi. Il m'était arrivé de passer la nuit chez lui, mais c'était la première fois que nous allions être ensemble pendant plusieurs jours, et j'étais un peu tendue. Nous nous étions décidés pour une petite auberge de la région de Shizuoka. C'était une ville où il n'y avait rien. Nous avons déambulé dans la rue commerçante où la plupart des rideaux de fer étaient descendus.

Keiji a acheté pour moi du thé grillé dans un magasin spécialisé. « Ici, c'est Shizuoka, alors, noblesse oblige ! » a-t-il dit tandis qu'il réglait l'achat.

Nous avons continué à marcher, la rue commerçante a pris fin, et peu après, l'odeur de la mer nous est parvenue.

« Impossible de nager en plein hiver !

— Les mouettes ne se gênent pas pour flotter ! »

Nous nous sommes assis sur la plage, et nous avons parlé de choses et d'autres. Le vent était glacé, j'avais les joues toutes rouges.

« Je voudrais faire plein de voyages », ai-je dit, et Keiji a hoché la tête.

« Je vais travailler d'arrache-pied et mettre de côté de l'argent pour les voyages.

— Ce n'est pas la peine d'économiser tant que ça !

— Peut-être, mais…

— L'autre jour, dans un bouquin que j'étais en train de lire… » Il s'est renversé sur le dos avant de continuer : « Voilà ce qui était écrit : la vie sur la Terre nécessite peut-être de l'argent, mais voyager toute l'année autour du Soleil est gratuit ! »

Tout est soudain devenu lumineux devant moi. Les nuages qui dissimulaient le soleil s'étaient déplacés.

« Si je comprends bien, nous sommes sans arrêt en train de voyager ?

— Mais oui.

— Dis, Keiji, tu ne veux pas rencontrer un de ces jours une de mes amies ? »

J'avais parlé sans réfléchir.

« Une amie ?

— Oui, elle s'appelle Sakagami. »

Le côté adorable de Sakagami me faisait décidément envie. Je lui en voulais un tout petit peu. J'en ai eu clairement conscience à ce moment-là.

J'avais beau être devenue adulte, j'avais beau avoir quarante ans, je ne supportais toujours pas la comparaison. Et pourtant, j'avais décidé de la présenter à Keiji.

« Figure-toi que sa fillette aime la viande de porc qui a l'air avariée ! », et j'ai ramassé dans le creux de ma main un petit coquillage blanc qui était sur le sable.

« Il est très joli, a dit Keiji tandis que je le mettais dans l'éclat du soleil.

— Dis-moi, qu'est-ce que tu aimes en moi ? »

Keiji est resté un moment à réfléchir. Puis il a dit lentement : « Ton côté direct, optimiste, et aussi ta tendance à te faire des idées ! »

Les mouettes se sont envolées d'un même élan, leurs cris s'élevaient dans le ciel. Je me suis allongée sur le dos à côté de Keiji.

Sakagami, je te demande pardon de t'en vouloir. Mais tu sais, je t'aime en même temps. J'ai pris la main de Keiji. Cette main était chaude. Je percevais la rumeur des vagues sous la plante de mes pieds. J'ai fermé les yeux, mais je sentais la lumière du soleil.

Nous sommes toujours en voyage ! Intérieurement, j'ai murmuré ces mots à l'intention de Sakagami et de moi-même.

Table

Achevé d'imprimer sur les presses
de l'imprimerie Corlet
N° d'imprimeur : 23060603

Dépôt légal : octobre 2023